ANJO DE QUATRO PATAS

A VERDADEIRA AMIZADE
ENTRE UM HOMEM E SEU CACHORRO

2ª ediç

© WALCYR CARRASCO, 2013
1ª edição 2008

COORDENAÇÃO EDITORIAL	Maristela Petrili de Almeida Leite
EDIÇÃO DE TEXTO	Marília Mendes
COORDENAÇÃO DE PRODUÇÃO GRÁFICA	Dalva Fumiko
COORDENAÇÃO DE REVISÃO	Elaine Cristina del Nero
REVISÃO	Maiza A. Prande Bernardello
COORDENAÇÃO DE EDIÇÃO DE ARTE	Camila Fiorenza
PROJETO GRÁFICO	Camila Fiorenza
DIAGRAMAÇÃO	Cristina Uetake, Elisa Nogueira
PRÉ-IMPRESSÃO	Alexandre Petreca, Everton L. de Oliveira Silva, Helio P. de Souza Filho, Marcio H. Kamoto, Vitória Sousa
COORDENAÇÃO DE PRODUÇÃO INDUSTRIAL	Wilson Aparecido Troque
IMPRESSÃO E ACABAMENTO	EGB Editora Gráfica Bernardi Ltda.
LOTE	754711
COD	12085667

Dados Internacionais de Catalogação na Publicação (CIP)
(Câmara Brasileira do Livro, SP, Brasil)

Carrasco, Walcyr
Anjo de quatro patas : a verdadeira amizade entre um homem e seu cachorro / Walcyr Carrasco. – 2. ed. – São Paulo : Moderna, 2013. –

1. Amizade 2. Literatura brasileira 3. Relações homem-animal 4. Uno (cão) I. Título.

ISBN 978-85-16-08566-7

13-03879   CDD-639

Índices para catálogo sistemático:
1. Cão : Relações homem-animal   639

Reprodução proibida. Art.184 do Código Penal e Lei 9.610 de 19 de fevereiro de 1998.

Todos os direitos reservados

EDITORA MODERNA LTDA.
Rua Padre Adelino, 758 - Belenzinho
São Paulo - SP - Brasil - CEP 03303-904
Vendas e Atendimento: Tel. (11) 2790-1300
www.modernaliteratura.com.br
2022

A TODOS VOCÊS QUE, COMO EU,
AMAM OS CÃES.

Meus latidos

Este livro fala de amizade, de amor incondicional, de dedicação. Fala do Uno. Da mudança que ele trouxe para minha vida. Do afeto que ele me ofereceu. Do espaço que preencheu em cada recanto do meu coração.

Quando fui convidado para escrever um livro de contos sobre animais, topei na hora. Gatos, coelhos, calopsitas, todos teriam uma história. Mas toda vez que sentava diante do computador parecia sentir os olhos do meu *husky* siberiano fixos em mim. Era como se Uno latisse:

— Conta nossa história, conta! Fale dos bons momentos. Da minha vida ao seu lado!

Decidi falar sobre a amizade e o companheirismo que ele me ofereceu. Sobre como é bom ter um cachorro. Uma vez escrevi um livro infantil no qual Uno foi personagem: *Mordidas que podem ser beijos* (Moderna, 2001). Mas nele suas aventuras foram pura imaginação. Agora é bem diferente. Se alguém perguntar se os acontecimentos deste livro são verdadeiros, responderei que sim. Mas que também são ficção.

O autor filtra a realidade através de sua emoção e maneira de ver o mundo. Escolhe os fatos a serem narrados, a maneira como são encadeados, o tempo e o espaço em que ocorrem. Nem mesmo em uma biografia alguém é exatamente como foi. Posso ler várias biografias sobre um mesmo personagem e em todas me surpreenderei com aspectos novos.

Mudei nomes, características e identidades de algumas pessoas para preservar a privacidade delas e também a minha. Em outros casos, mantive nomes e acontecimentos.

O que importa saber é que Uno existiu, e que minha emoção é absolutamente verdadeira. Foi meu *husky*. Meu cachorro.

Fico feliz por termos convivido tantos anos.

Walcyr Carrasco

1.

MEU IRMÃO CLÁUDIO

resolveu ficar milionário criando cachorros. Ele e minha cunhada Bia fizeram as contas:

— Começamos com um casal. Na primeira ninhada, a cadela terá uns dez filhotes. Vendemos oito e ficamos com mais um casal. Na outra, teremos vinte cãezinhos. Adotamos mais dois e...

Pelas contas, estariam ricos dali a dois natais. O negócio parecia melhor que ganhar na loteria!

— Vamos fazer fortuna com os peludinhos! — entusiasmou-se meu irmão.

Optaram por um casal de *huskies* siberianos. *Huskies* estavam na moda, depois de um filhote aparecer com destaque em uma novela de televisão. São lindíssimos. Se você não conviveu com algum pessoalmente, já deve tê-los visto em algum filme de esquimós. Matilhas de *huskies* puxam trenós na neve. Podem ter pelo cinza, negro, branco ou cor de mel. Olhos azuis ou castanho-claros. São muito parecidos com lobos. Não latem, uivam! Possuem um charme indescritível. Qualquer pessoa se apaixona por um *husky* à primeira vista.

Inicialmente, os dois futuros milionários não tinham um amor especial pela raça. Viam tudo como um bom investimento. *Huskies* eram vendidos a peso de ouro. Esse fenômeno ocorre com frequência no circuito dos canis e *pet shops*. Raças viram moda, tal como um novo comprimento das saias ou a cor da estação. Quando eu era menino, o máximo era ostentar um pequinês bem peludinho. Em certa época se tornou chique raspar os pelos dos *poodles*, deixando um topete na cabeça, um no rabo e um cinturão no corpo. Até hoje são conhecidos como cachorros de madame. Dálmatas transformaram-se em coqueluche. Depois foi a vez dos *huskies*. Os filhotes eram disputadíssimos. Havia filas para adquiri-los.

Cláudio quase saiu no tapa para conseguir uma fêmea e um macho de bom *pedigree*, ainda filhotes. Foi vitorioso. Adquiriu o máximo em aristocracia canina. O pai de Luna, a fêmea, veio do Canadá e foi capa de uma revista especializada. O macho, Thor, também ostentava uma impressionante linhagem. Casal mais chique não poderia haver. Os filhotinhos eram adoráveis, mas exigiam cuidados. Bia, minha cunhada, passou semanas preparando mamadeiras e ajeitando cobertores. Se ventava ou chovia à noite, ela e meu irmão saíam da cama e enfrentavam as intempéries para abrigar melhor os pequenos *huskies*. Os cães sempre foram saudáveis, mas os humanos viviam espirrando. Finalmente minha cunhada, pintora, desfez o ateliê que havia em um quartinho dos fundos da casa em que vive no interior de São Paulo e montou uma suíte para *huskies*.

— Quando vender os filhotes, construo um ateliê todo envidraçado no quintal — planejou ela, pupilas transformadas em cifrões.

Ocorreu o inevitável. Diante de um filhotinho, ondas de amor brotam até do coração mais endurecido. Meu irmão e minha cunhada já são bem sensíveis. Nem tentaram resistir. Apaixonaram-se perdidamente pelos cães. Viviam com os dois no colo. Ainda não tinham filhos. Cantavam para os *huskies*, beijavam na testa, coçavam suas barrigas e comentavam, felizes como papais:

— Viu só o que a Luna fez? Pegou um osso e escondeu no quintal!

— Ai, que gracinha, o Thor fica só nas duas patas para pedir comida. Que guloso! Malandrinho! Malandrinho!

Registraram o canil com um derivado de seu sobrenome: Karras. Quando ia visitá-los, passava a tarde ouvindo comentários entusiasmados:

— Eu falo e parece que ela me entende!

— Cachorro é muito melhor que gente.

Meses depois, Luna não engravidara. Gastaram uma pequena fortuna no veterinário em exames. O resultado:

— A cadela está bem, mas o macho é estéril.

Pode haver investimento pior do que começar um canil com um cachorro estéril? Pode sim, como vieram a demonstrar os fatos: negociar cachorro é um negócio cachorro.

Os dois não se conformavam.

— A gente tinha que escolher justo um filhote estéril?

Thor abanava o rabo. Imediatamente era perdoado.

— Não é sua culpa, querido, mas você nos deu um baita prejuízo! — explicava Bia.

— Uauuuauuuuuuuuuu — uivava Thor.

E o sonho de riqueza rápida? O casal não desistiu.

— Só vai demorar um pouco mais para dar lucro — concluiu Cláudio.

Foram até outro canil e explicaram a situação. Pegaram emprestado um macho para uma gravidez em consórcio: a ninhada seria dividida meio a meio.

— Este é seu marido, Luna! — apresentou minha cunhada.

— Luna vai casar, Luna vai casar! — cantarolou meu irmão.

O noivo se aproximou. A noiva ergueu o rabo e arreganhou os dentes. O feliz consorte farejou seu traseiro.

Digamos que foi amor à primeira vista.

Semanas depois, Luna estava grávida.

Mais contas com o veterinário e remédios morderam a poupança dos futuros milionários. Os planos continuaram a todo vapor:

— Se ela tiver dez filhotes, damos cinco para o canil que emprestou o macho e ficamos com cinco.

— Vendemos todos. Quero pintar a casa e trocar a pia — resolveu minha cunhada.

— Melhor ficarmos com uma cadela e vendermos quatro. Depois, emprestamos outros dois machos, e se cada uma tiver dez...

Mais contas! Os sonhos de riqueza continuaram de vento em popa, mas era preciso investir. Os cães já existentes davam uma despesa danada. E haveria muitas mais pela frente. Seria preciso dinheiro para as vacinas, a ração e o veterinário dos filhotes até que fossem vendidos. Meu irmão reforçou o número de aulas que dava na universidade. Minha cunhada diminuiu os dias da faxineira e aumentou suas horas de trabalho doméstico.

Em uma noite fria, Luna foi para um canto, quieta. Estranha.

— Os filhotes devem nascer hoje — avisou o veterinário, quando atendeu a ligação de minha cunhada, preocupada com o estado emocional da cadela.

Os olhos de ambos brilharam de ternura misturada com ambição. (São assim os sentimentos humanos, um tanto contraditórios.)

— Se tivermos sorte, nascem uns doze — comentou Cláudio, esperançoso.

— Já ouvi falar de até quinze — concordou Bia, olhos faiscando.

Passaram a noite em claro. A cada cinco minutos minha cunhada ia verificar.

— Não nasceram ainda.

Deitava. Dali a pouco, saía da cama. Observava Luna. Adoçava a voz:

— Tudo bem, querida? Vai virar mamãe cachorra?

Ao amanhecer, iniciou-se os sinais de parto. Emocionados, meu irmão e minha cunhada ficaram esperando o nascimento dos filhotinhos. Seus sentimentos oscilavam entre o amor desmedido pelos cães e as perspectivas financeiras. Nasceu o primeiro filhote, cor de mel.

— Ai, que coisa mais linda! — exclamou Bia.

— Já, já vem mais um — anunciou meu irmão.

Ficaram olhando. Um minuto. Cinco. Dez. Vinte. Bia encostou-se em um lado da parede, ele no outro.

— Que demora!

Luna acomodou-se amorosamente com a cria.

Mais meia hora.

Indiferente às preocupações alheias, Luna descansava com o cachorrinho, um macho. As angústias do parto pareciam deixadas para trás.

Meu irmão e minha cunhada se olharam, surpresos.

— Só um?

— Ih... só um!

Mais tarde, o veterinário acabou com a esperança deles:

— É raríssimo, mas pode acontecer.

Nunca um projeto de riqueza desabou tão depressa! Meu irmão abriu uma cerveja e declarou:

— Acabou essa história de criar cachorros pra vender. Vamos ficar com o filhote.

Como não era possível dividir o cãozinho ao meio para entregar ao outro canil, ainda tiveram de desembolsar algum dinheiro para resgatá-lo!

— O nome dele será Uno, porque foi único — decidiu minha cunhada, com o cachorrinho no colo.

— Também poderia ser Prejuízo — comentou meu irmão.

Era só conversa. Ambos já estavam irremediavelmente apaixonados pelo pequeno *husky*.

Há males que vêm para o bem. Como disse antes, negociar cachorros pode ser um empreendimento de alto risco. Não basta querer dinheiro, é preciso ter muito amor, porque as ciladas são inúmeras. Os fatos provaram que o prejuízo poderia ter sido muito maior. Bia e Cláudio tinham uma amiga que conseguira concretizar planos exatamente iguais aos deles no início da empreitada. Comprou dois casais, investiu em novos procriadores, encheu-se de filhotes e chegou a ganhar um bom dinheiro, que usou para ampliar os negócios. Tarde demais, descobriu que criar cães não é o mesmo que possuir uma mina de diamantes. Muitos compradores de *huskies* se decepcionaram. Eu, que amo a raça, posso contar com imparcialidade.

Apesar de grandes, da aparência de lobo e do uivo assustador, *huskies* não servem como cães de guarda. São dóceis. Adoram crianças. E não se consegue adestrá-los. Alguns treinadores cometem o erro de dizer que são burros. Coisa nenhuma. Possuem inteligência peculiar, personalidade forte. Francamente, não estão nem aí para ficar guardando propriedades dos humanos. No fundo, não nos pertencem. Eles, sim, são nossos legítimos donos!

Fogem e não sabem voltar para casa. Vieram das planícies geladas, onde não existiam fronteiras nem propriedades individuais. São oriundos da vastidão da neve. Sabem ir, ir, ir. Dificilmente conseguem voltar. Embora, como contarei mais tarde, Uno fosse uma exceção, pois sabia voltar pra casa.

Muitos proprietários de *huskies* se surpreendem ao descobrir que eles são capazes de escalar muros como gatos (sim, são) e desaparecer para sempre, provavelmente adotados por uma nova família. Às vezes uivam longamente. E são teimosos!

A raça saiu de moda. O *golden retriever* tornou-se a nova coqueluche. Em todos os canis, os *huskies* deixaram de atrair compradores.

De repente a futura milionária, amiga de meu irmão, se viu com trezentos filhotinhos encalhados! Sem comprador à vista! Gastou todas as economias com vacina e ração para os trezentinhos. Com a poupança arrasada, implorava pela caridade alheia.

— Pode contribuir com um pacote de ração? — pedia aos amigos.

Pior. A maior parte dos filhotes costuma ser vendida até completar três meses. Depois disso o cachorro já está grande. A pessoa prefere um filhotinho. Acredita que ele se acostumará mais facilmente com uma nova casa. A pobre ex-quase-milionária levava caixas de cães a todas as feiras de animais. Ficou com calos nos dedos de tanto fazer lacinhos para enfeitar o cocuruto das fêmeas. Teve cãibras na boca de tanto sorrir para eventuais clientes. Cansou os braços de tanto botar filhotes no colo de criancinhas e murmurar:

— Olha só, ele gostou de você.

Fez liquidação no canil, oferecendo os *huskies* a preço de custo. Mas ainda ficou com 293 encalhados. Quem ama os cães não é capaz de soluções radicais. Gastou tudo o que tinha para alimentá-los, tentava mantê-los, mas alguns começaram a se reproduzir e... segundo a última notícia, os cães continuavam crescendo fortes e saudáveis, devorando toneladas de ração. Já a grana... Depois disso, estabeleceu uma campanha de doações. E só assim arrumou lares para os cachorros!

Meu irmão e minha cunhada livraram-se desse destino. Ficaram com os três: Luna, Thor e Uno. Seria uma família feliz, se não fosse a eterna competição entre machos, que costumam se estranhar. No começo, Uno e Thor rosnavam um para o outro. Logo passaram a se atacar. Minha cunhada os separava com gritos e jatos de água fria. Uma loucura.

Oba! Finalmente chegou a minha vez de entrar na história.

Passei por uma fase difícil e dolorosa. Perdi uma pessoa querida, que teve uma doença devastadora. Eu a acompanhei durante todo o desenrolar. Fui seu enfermeiro, seu amigo e seu amor. A experiência ainda não parecia concluída. Eu continuava abrindo a parte dela do armário, pegava suas roupas e botava no nariz, tentando sentir seu cheiro, captar seus últimos sinais sobre a Terra. Olhava suas gavetas, seus papéis, as lembranças, os bilhetes, os postais que guardava. Se saía para um cinema, um papo com amigos, compras, o que fosse, me dava uma vontade enorme de voltar para o apartamento, como se ela ainda estivesse lá, me esperando. Ao entrar, a realidade estava à minha espera. Logo vinha o nó na garganta. Ia até suas coisas para novamente pegar, cheirar, ver e chorar, chorar e chorar...

— Nunca mais vou amar de novo! — dizia para mim mesmo, com plena convicção.

Era uma perda tão sofrida que não queria correr o risco de amar mais uma vez e novamente perder.

Eu me sentia no buraco. E não pretendia sair dele.

Muita gente me aconselhava a dar a volta por cima, a esquecer. Tinha horror de ouvir esses conselhos. Nada é pior do que perder alguém e ouvir:

— Não se desespere.

Só se eu não tivesse amado para não sofrer.

Somente um amigo, André, me deu razão.

— Se você tem que chorar, chore. Se quer se esconder, se esconda. Respeite seu momento.

Em meio a todas essas emoções, veio a notícia de que eu precisava desocupar o apartamento em que morava. Era alugado! Outro momento difícil, pois ali estavam as minhas recordações, em cada móvel, em cada parede, em cada canto.

Alguns anos antes, tinha começado a construir uma casa em um condomínio distante, de chácaras, em uma cidade próxima. Faltava pouco para terminar. Sempre sonhei em ter casa própria. Tive pouca grana a maior parte da minha vida. Os financiamentos impunham juros e correções monetárias. Eram difíceis de obter. A maior parte dos imóveis, inacessível para o meu bolso. Minha companheira fazia trabalhos eventuais na área de moda, mas nunca recebeu salário fixo. Era um tanto descabeçada. Quando recebia, comprava roupas novas, presentes para mim, comidas extravagantes. Eu segurava a estrutura: aluguel, supermercado, empregada, luz, água, impostos. A casa era fruto de um longo projeto.

Economizara durante anos. Com dificuldade, comprei um terreno em um bairro distante. O país passava por sucessivos planos econômicos, um diferente do outro. Em um desses, meu terreno valorizou-se muito. Era minha oportunidade. Resolvi vendê-lo. Fui até o dono da imobiliária.

— Quero vender o terreno para comprar um pequeno apartamento.

— Não prefere uma casa?

Meus olhos brilharam. Resumindo: havia uma casa em construção muito, mas muito mais distante ainda que o terreno, em um condomínio quase rural. A obra estava parada havia dois anos, mas já tinha as paredes e a laje. Maravilha das maravilhas, o terreno do fundo dava para uma reserva florestal, onde corria um riacho com uma pequena cascata. O dono da imobiliária fez uma transação na qual entrou o terreno, minha pequena poupança e até meu carro, com uns seis anos de uso. Saí da imobiliária a pé para pegar ônibus na estrada, mas proprietário de uma casa. Ou quase.

Casa? Eu nunca construíra coisa alguma. Imaginava que seria fácil terminá-la. Que fantasia! Nos dois anos seguintes, fui comprando o material pouco a pouco e concluindo a obra por partes. Comecei pelo telhado. Um amigo indicou um especialista, que foi até lá e perguntou:

— Como será o telhado?

— Assim — respondi, desenhando no ar com os dedos.

Ele fez exatamente como mostrei e o telhado está lá até hoje. Talvez por milagre. Quando consegui, botei as janelas. Depois o piso, de tijolo. O terreno era enorme, com mais de 2 mil metros. Só tive dinheiro para plantar grama na metade.

A outra continuou cheia de mato. Durante todo esse tempo eu e minha companheira havíamos cuidado da construção da casa. Com a doença, tudo parou. Trabalhei em dobro e guardei dinheiro para emergências. Meu maior terror era ser obrigado a interná-la em um hospital público, onde eu não pudesse estar a seu lado e segurar sua mão quando partisse. Não tínhamos plano de saúde. (Mesmo porque na época não era tão comum quanto hoje.) Economizava cada centavo para, quando chegasse a hora, pagar um hospital, mesmo que simples, e acompanhá-la em seus últimos momentos. Mórbido? Quem amou e perdeu sabe do que estou falando. Minha necessidade de estar ao lado dela e transmitir minha ternura era até física. O dia da partida chegou: ela faleceu em casa. O dinheiro ficou no banco.

A melhor homenagem seria terminar a casa e me mudar. A pedido da mãe, o corpo fora cremado. As cinzas, espalhadas no jardim do crematório. Não havia túmulo para visitar, um lugar para honrar sua memória. No jardim da casa em construção, porém, havia uma lembrança viva de seu amor. Vou explicar. Durante toda minha infância, os natais eram tristes. Minha mãe era dona de uma lojinha de brinquedos e passava a véspera de Natal trabalhando. No dia seguinte, exausta, fazia um almoço comum e botava algumas frutas secas na mesa. Hoje entendo que fazia o melhor possível. Devia estar exausta depois de dias de trabalho intenso. Quando menino, eu sofria ao ver meus amigos correndo para a ceia, para festas familiares, alguns até mesmo com parentes vestidos de papai-noel, enquanto eu ficava sozinho na porta do pequeno comércio de mamãe, admirando as luzes acesas em outras casas e ouvindo os ruídos das festas. Sentia uma enorme necessidade de ter um Natal como o dos outros. Essa alegria, só tive depois de adulto, com minha companheira. Estávamos sem dinheiro. Mesmo assim, ela resolveu que não podíamos passar sem uma árvore de Natal. Quase na véspera, saiu à luta. Encontrou um vendedor com alguns pinheirinhos. Pechinchou. Voltou com um pinheiro torto, que decoramos com algumas bolas vermelhas. Foi a nossa primeira árvore de Natal, e eu nunca esquecerei seu carinho ao trazê-la para casa. Depois do Dia de Reis, plantei o pinheiro em frente à casa em construção. Foi crescendo, ainda torto. Nossa árvore de Natal, sempre estaria ali para me lembrar daquele gesto de carinho!

O dinheiro para a doença não chegou a ser usado. Eu o gastei para que a casa ficasse habitável. Estava exausto e precisava me mudar. Tinha certeza de que era a melhor opção: novo lugar, novos ares. Durante a doença, eu atingira o limite das minhas forças. Dava remédios, ouvia instruções médicas, fazia curativos, passava horas segurando sua mão, simplesmente para ela saber que eu estava lá. Percebia seu corpo se tornar cada vez mais frágil, consumido pelo câncer. Como meus sentimentos eram contraditórios! Dias e noites eu torcia pelo fim, porque era horrível contemplar seu sofrimento, mas ao mesmo tempo tinha esperanças de que ela não partisse nunca. Quando ela se foi, eu fiquei destruído por dentro, alucinado de dor.

Eu a amava tanto que nunca mais queria amar ninguém. Minha vida afetiva acabara. Estava fechado para o mundo e para o amor.

Mudar para longe parecia a solução ideal. Queria ficar solitário, no meu canto. Não tinha forças muito menos vontade de reconstruir a vida afetiva, me apaixonar novamente, ir adiante.

Nem todo mundo achava bom que eu fosse para tão longe. Minha mãe foi visitar a casa e chorou.

— Mas você vai morar neste fim de mundo? Vai ser assaltado!

Assumi uma atitude corajosa.

— Assaltado posso ser em qualquer lugar.

— E o mato nos fundos da casa? Os ladrões podem se esconder atrás das árvores.

— Mamãe, não estamos num filme de faroeste com os apaches escondidos para atacar. A mata até me protege. Nenhum ladrão vai atravessar o rio e o mato, pular a cerca, pegar a televisão, pular de volta e atravessar o rio de novo com a televisão na cabeça, vai?

Reuni os móveis e me mudei. A casa ficou bem vazia, mas não importava. Com o tempo compraria mais mobília, se tudo corresse bem. A família morria de preocupação.

—Você devia sair, se divertir! — aconselhou meu pai.

Me divertir de que jeito, se minha garganta doía como se apertada por um torniquete de ferro?

Em conversas privadas, meus irmãos, cunhadas e pais resolveram fazer alguma coisa. Meu irmão Cláudio propôs:

— Quem sabe se ele arrumasse um cachorro?

Todos concordaram. Desde menino, eu gostava de cães. Ele se prontificou a resolver o problema e me telefonou:

—Você precisa de um cachorro!

Concordei. O terreno era grande. Queria um cão. Pensava em um pastor-alemão bem bravo para latir e atacar ladrões a dentadas. Eu me sentira mais seguro na casa.

— Tenho um pra você! — disse Cláudio, usando sua voz mais encantadora.

— É grande, pode me proteger? — perguntei.

O silêncio do outro lado deveria ter me alertado. Meu irmão disfarçou:

— É bem forte, tem presença.

—Ah, bom.

— Nunca esteve na situação de precisar defender alguém. Mas acho que se alguém for agressivo, ele defende.

Eu acho! Vivo dizendo para quem me cerca jamais dizer "eu acho". Quem acha não sabe. Não prestei atenção no detalhe do "eu acho". Aceitei.

—Ah, que bom, eu estava mesmo pensando...

— Ótimo! Ele tem dois anos e...

— Não é grande? Não vai me atacar?

— Ele é muito dócil, não se preocupe. Você vai gostar, tenho certeza. Seu nome é Uno!

Combinamos que o cão, já grande, seria entregue no fim de semana seguinte, pois Cláudio mora em uma cidade próxima. No sábado, fiz um almoço para três e esperei. No início da tarde, meu irmão ligou para avisar que iria se atrasar. Em tom de voz misterioso, explicou que seria melhor ir à noite.

— Por quê? É só uma hora de estrada!

— Por causa da polícia.

Estranhei. O que tinha a polícia a ver com um cachorro?

Chegaram quase de madrugada. Na época, Cláudio possuía um utilitário com caçamba. No escuro — no condomínio não havia iluminação de rua —, vi a silhueta da minha cunhada agachada com um cachorro de porte médio na caçamba. Com uma das mãos agarrava a coleira. Com a outra, segurava-se para não voar pra fora.

— Desculpe o atraso, tive que vir a cinquenta por hora, no máximo. A Bia veio na caçamba.

— Por quê? — perguntei ingenuamente.

— Ah, é que pusemos o Uno acorrentado na parte de cima, mas ele se revoltou. A Bia teve que viajar na caçamba, o que é proibido.

— Mas na viagem eu fiquei ajoelhada com a cabeça entre as pernas do cachorro, e a polícia rodoviária não me viu! — contou ela, vitoriosa.

Estranhei. "Que maneira esquisita de transportar um simples cão", pensei inocentemente. Ela pegou o cachorro, que parecia muito assustado. Com a ajuda de meu irmão, desceu, sem soltar o animal da corrente.

E, pela primeira vez, eu e Uno nos olhamos.

Seu pelo era cor de mel. Tinha um olho azul e outro castanho. Quis me aproximar para acariciá-lo, mas ele puxou a corrente e saiu correndo. Minha cunhada, atrás.

— Pare, Uno, pare!

— Eu pensava em dar um nome mais significativo, tipo Merlin — expliquei.

— Pode tentar — respondeu meu irmão, enquanto desembarcava meio pacote de ração, um pote para comida e água e uma manta rasgada. — Mas o nome completo é Uno of Karras. É um nome aristocrático. Karras é o nome do canil que eu fundei, registrei e que já estou fechando.

Minha cunhada entrou no jardim e conseguiu prender a corrente num pilar da varanda.

— O *husky* odeia ficar preso, enlouquece com a coleira — ela explicou —, mas é preciso. — Deu um sorrisinho. — Para ele se acostumar aqui.

Fomos comer. Ouvi os primeiros uivos. Altos, cortantes.

—Vai acordar toda a vizinhança! — assustei-me.

— É impossível calá-lo quando uiva — explicou meu irmão.

Comemos espaguete ouvindo o barulho. Na casa do vizinho alguém acendeu as luzes. Um vulto surgiu na janela para descobrir o motivo do escândalo. Senti um olhar enfurecido na nossa direção. Abaixei um pouco para que ele não me visse através do vitrô da cozinha.

Felizmente os uivos cessaram.

—Viu? Foi só um pouquinho — sorriu meu irmão.

— Ele deve estar estranhando a casa — concordei. —Vou até lá um pouco, para ele se acostumar comigo.

Uno mordera a coleira e fugira. Era esse o motivo do fim dos uivos.

— Ah, não se preocupem — sorri. — Deve estar no quintal.

—Talvez sim, talvez não. Ele é bem capaz de ter escalado a cerca. Pode ter fugido para a mata — suspirou minha cunhada.

Demos uma batida rápida no quintal.

— É melhor esperar até de manhã — propus. — Lá na reserva florestal tem cobra.

— Temos que achar o Uno, senão ele se enfia na mata e não volta mais! — argumentou Bia.

Peguei duas lanternas. Saímos os três pelo portãozinho do fundo.

— Uno, Uno! — gritei mata adentro.

— Ai, socorro! — assustou-se minha cunhada, ao tropeçar em uma pedra.

Caiu sentada dentro do riacho. Eu e meu irmão conseguimos içá-la com dificuldade. Com o pé torcido e toda suja de barro, Bia arrastou-se de volta para casa.

Eu e Cláudio andamos pela mata durante cerca de duas horas, chamando pelo cachorro. Eu me sentia triste. Ia perder um cachorro que mal chegara? O que o destino tinha contra mim?

Com mãos e rostos arranhados por espinhos, teias de aranha presas nas roupas, tênis imundos de lama e folhas secas nos cabelos, finalmente desistimos da busca.

— Ele sumiu. O jeito é desistir — concluiu Cláudio.

Voltamos capengando. Eu só queria um banho quente e me atirar na cama.

Bia nos esperava sentada na varanda, cochilando, de banho tomado, com Uno deitado a seus pés. Era a própria imagem da paz familiar.

— Onde ele estava? — rugiu meu irmão.

— Quando voltei, apareceu e me seguiu. Ficamos aqui esperando. Por que demoraram tanto?

— Ainda pergunta? Por que não foi avisar que ele tinha voltado?

—Torci o pé, esqueceu?

Enquanto o casal discutia, Uno os observava com ar de reprovação. Como se não tivesse nada a ver com o assunto.

— O importante é que ele apareceu. Preciso é de banho e cama! — disse eu.

Os dois concordaram, exaustos.

— Mas que baile esse cachorro nos deu! — exclamei.

Minha cunhada me encarou, sorriu e disse com a mais absoluta sinceridade:

— Bem-vindo ao mundo dos *huskies*!

Só então tive um lampejo do que me esperava. Por pouco não amarrei minha cunhada e o cachorro de volta na caçamba. Mas era tarde. Eu olhei mais uma vez para o cão, e ele me encarou com os olhos cintilando de ternura. Que sedutor! Sentei-me no chão e o abracei longamente, sentindo seus pelos macios, seu cheiro, e uma imensa vontade de tê-lo perto de mim.

2.

DURANTE ALGUNS DIAS,

Uno pareceu estranhar a ausência de meu irmão e minha cunhada. Às vezes, de noite, uivava solitário para a Lua. Eu ia abraçá-lo, mas ele fugia. Nossos breves contatos ocorriam quando eu punha ração na sua vasilha. Ficava me observando de longe. Assim que eu me afastava, aproximava-se para comer. Sempre com um olhar selvagem que aos poucos descobri ser pura angústia. Lembro-me de certo fim de semana em que um amigo foi me visitar. Saímos para almoçar fora, mas esqueci uma janela aberta. Ao voltar, Uno estava dentro de casa, destruíra vários travesseiros e espalhara a espuma pela casa toda. Meu primeiro impulso foi castigá-lo. Depois pensei em minha própria dor. Não acordava à noite com dor de garganta, de tanto pensar no meu amor perdido? Não sentia dor física de tanta falta de alguém que não voltaria mais?

O mesmo devia acontecer com Uno. Também sentia falta de amor. Perdera os abraços de Bia, que o alimentara desde filhote. Adeus às brincadeiras de meu irmão! Não convivia mais com os outros dois cães. Passava a maior parte do dia sozinho em casa, quando eu saía para trabalhar. Na época, eu era redator de uma revista. Minhas finanças não davam para pagar uma empregada diária. Tinha uma faxineira duas vezes por semana. Eu mesmo cuidava do Uno. Ao sair, deixava sua comida. Ao voltar, enchia novamente seu pote de ração. Meu cachorro passava os dias solitariamente, numa casa estranha, distante do carinho a que estava acostumado. Compreendi seu sofrimento. Assim, apesar dos travesseiros destroçados, não briguei. Preferi me aproximar. Ele me olhou fixo, com medo talvez. Para que não fugisse, eu o abracei em um gesto rápido. Coloquei sua cabeça em meu colo. Conversei:

— Agora somos só nós dois, Uno. Meu cachorro!

Não iria brigar por causa de uns travesseiros. Era mais importante que nos tornássemos amigos. Ele ficou algum tempo com a cabeça debruçada na minha perna, sentindo meu cheiro. Em seguida recuou. Pela primeira vez, deitou-se pertinho de mim. Desde aquele dia, passou a ficar por perto sempre que eu estava em casa.

Nem tudo foi exatamente como eu pensava. Logo descobri que Uno era uma nulidade como cão de guarda. Pior ainda: a revelação ocorreu justamente quando apareceu um leão nas imediações da minha casa.

Exatamente, um leão! É a mais absoluta verdade. Pelo que soube, na região havia um criador ilegal de leões que vivia a alguns quilômetros de mim. Tinha vários leões, em jaulas, e gastava fortunas em carne para alimentá-los. Era ilegal, claro. Mas morava longe e nenhuma autoridade sabia dos leões. Até que um deles fugiu.

E para onde foi?

Refugiou-se na reserva florestal atrás da minha casa! Um morador de um condomínio próximo deu de cara com o leão durante uma corrida matinal em torno de um lago. Dispararam os dois. Ele aos gritos para um lado e o leão rugindo para o outro. Os jornais noticiavam as andanças do bichão. Todos os dias eu lia uma manchete semelhante à do dia anterior: "Ainda não foi encontrado o leão desaparecido nas imediações da Granja Viana".

À noite, quando chegava do trabalho, na portaria do condomínio, o rapaz da guarita avisava:

— Cuidado com o leão!

Como tomar cuidado com um leão? Minha casa não tinha portão automático. Para botar o carro na garagem, eu precisava descer, abrir o cadeado, o portão de ferro e entrar. Descer novamente, fechar, e abrir a porta da cozinha. Para me proteger, só havia um alambrado bem fajuto em torno do quintal.

E quem disse que dentro de casa eu estaria seguro? Bastava uma patada para o leão abrir uma das portas-balcão! Todas as noites eu entrava em casa, trancava as portas, verificava as janelas e pensava:

— Se pelo menos eu emagrecesse, não seria tão apetitoso!

No dia seguinte, procurava avidamente novas notícias no jornal. Mais uma vez me certificava de que o tal leão ainda não havia sido encontrado, mas que fora visto de novo pertinho de minha casa!

Na primeira noite tive a ilusão de que Uno me salvaria. Imaginei meu bravo *husky* atirando-se sobre o leão. Quase chorei ao imaginá-lo dando a vida por mim. Chamei:

— Uno, Uno... vem cá.

Veio com o rabo entre as pernas. Mesmo assim, eu o encarei esperançoso.

— Se o leão aparecer, você me salva?

Uivou timidamente. Depois de anos lendo livros e vendo filmes sobre cães heroicos, eu imaginava que todos eles possuíssem uma vocação inata para oferecer a vida pelos donos. Meu *husky* parecia bem longe de ter esse talento.

Enquanto tentava encaixar a chave na porta da cozinha, ouvi um ruído suspeito no gramado. Podia ser o leão! Tentei fazer com que Uno refletisse sobre seu dever como cão de guarda.

— Uno, seja um cachorro corajoso e fiel. Se for o leão, me salve.

Enfiou o rabo ainda mais profundamente entre as pernas. Nervoso, eu não conseguia abrir a porta. Deixei a chave cair. Tive que procurar no escuro. Achei. Tentei abrir de novo. Uma coruja voou sobre o telhado e quase morri do coração ao ouvir o pio. Finalmente consegui. Entrei na cozinha. No umbral, Uno me encarava, a luz da lâmpada cintilando nas pupilas.

— Uno, seja um bom cachorro e vá ver se o leão está aí.

Mais ruídos no quintal. Podia ser um rato ou um leão; eu estava apavorado. Precisava fechar a casa. Uno continuava imóvel. Refleti: "Se for um leão, vai palitar os dentes com meu cachorro".

Escancarei a porta.

—Venha, inútil!

Ergueu o rabo e entrou na cozinha. Bati a porta e passei a chave. Respirei fundo. Uno me encarou com jeito de "estou faminto". A vasilha de ração havia ficado fora. Peguei um prato fundo, botei arroz, feijão e carne. Devorou tudo alegremente. Olhei pelo vitrô. Um vulto corria pelo mato, mas não parecia um leão. Era bem menor. Uno eriçou os pelos, olhou ferozmente para a porta e rosnou.

— Ah, safado, agora que você está aqui dentro dá uma de valente?

Fiz um sanduíche e comi. Ele ainda tentou filar um bocado. Para ficar em paz, ofereci-lhe um pedaço de pão — meu cachorro adorava pão. Reclamei:

—Você não vale a ração que come!

Continuou mastigando, sem me dar importância.

Fui para o quarto. Ele me acompanhou. Fiquei lendo na cama, com Uno deitado no chão. "Estou bem arrumado se depender desse cão de guarda", pensei.

A caçada ao leão durou mais alguns dias. Nunca soube exatamente como terminou, pois a notícia sumiu dos jornais. Alguns seguranças do condomínio garantiram que foi capturado. Outros, que se embrenhou na mata. Não devorou ninguém, pelo que soube. Nós, os moradores, fomos nos acalmando. Descobri também que a mata produzia seus próprios sons: pássaros noturnos, coaxar de rãs, o vento nos ramos das árvores. Se pulasse da cama com o coração na boca a cada ruído, não dormiria mais. Acostumei-me a sentar na varanda todas as noites e a passar algum tempo admirando a lua e as estrelas. Em São Paulo, eu não tinha essa relação profunda com o céu. Mal levantava a cabeça para olhar para as estrelas. Descobri que é uma coisa mágica. Passei a contemplar a noite horas inteiras, sem ter a menor noção de tempo. Reencontrei um hábito de minha infância, quando morava no interior e conversava com as estrelas. Às vezes falava com elas como se fossem minhas amigas. Ou deixava os acontecimentos do dia passarem pela minha cabeça, os pensamentos flutuarem, sem me fixar em nenhum, até sentir uma grande paz. Era minha meditação.

Quando tive certeza de que nenhum leão saltaria na varanda para me devorar, sentei numa poltrona de palha e voltei a conversar com as estrelas. Embora tivesse optado por isso, eu me sentia muito solitário. Morava longe dos meus amigos, em uma casa isolada. Ao mudar, pensava que minhas cicatrizes se fechariam, que a dor deixaria de vir em ondas. Como em um passe de mágica. Não foi o que aconteceu. Descobri que um amigo mais velho tinha razão. Quando falei em mudar, ele me avisou:

— Não importa para onde for, vai carregar você mesmo.

A frase parece óbvia. No entanto possui uma grande sabedoria. Pensei em mudar de ambiente, de local, em ficar longe do agito, das pessoas que me acompanharam durante aqueles meses tão difíceis, porque ao vê-las eu revivia meu sofrimento.

Mas levei a dor dentro de mim. Meu sentimento não era como um pacote que se pode esquecer em algum lugar para seguir o caminho mais leve. A ferida ainda estava aberta. Sangrava.

Diante das estrelas, lembrei de cada etapa da doença. A descoberta do câncer já instalado. A consulta com um médico amigo, que pediu os primeiros exames e certamente desconfiou do pior, pois nos aconselhou um especialista. A ida a um médico importante, cujos honorários eu paguei com dificuldade. Tive sorte. Foi um profissional generoso, que chegou a nos ajudar a conseguir gratuitamente os medicamentos mais caros.

Abandonei a construção da casa. Mesmo que estivesse pronta, não teria mudado para tão longe. Era preciso viver em um local de fácil acesso, onde o auxílio pudesse ser rápido, mesmo porque em algumas fases o tratamento provocava enjoo e dores.

A situação era grave. Só eu podia trabalhar, e ganhava menos do que precisávamos. Pegava trabalhos extras para fazer em casa: pequenas traduções e artigos, sempre apavorado com a possibilidade de faltar dinheiro para algum tratamento essencial. Sozinho, todos os dias eu rezava: "Deus, por favor, não a deixe sofrer".

Falei com o especialista. Expus minha situação: não havia dinheiro para uma longa internação em um hospital particular, como eu desejava. As filas para os hospitais públicos eram intermináveis. Mas... e se fosse preciso? Contei também sobre meus sentimentos:

— Não quero abandoná-la em uma enfermaria durante semanas, talvez meses. Quero permanecer junto dela.

— Vou ser franco, só serão possíveis tratamentos paliativos — respondeu o médico. — Já vi casos assim. Só aconselho internação se a dor for insuportável e se houver necessidade de sedá-la.

— Eu quero que ela fique em casa, perto das coisas de que gosta, ouvindo minha voz, recebendo amigos.

Talvez minha atitude pareça estranha, porque a maioria das pessoas quer internar seus doentes, como se a estada no hospital fosse a garantia de um tratamento mais eficiente e de esperança extra. Mas eu lera os livros de uma psiquiatra norte-americana, Elizabeth Kubler Ross, conhecida por seu trabalho com pacientes terminais. Depois de conviver com inúmeros doentes, a doutora Elizabeth escreveu livros para preparar o paciente para a passagem. Neles, ensina a família e os amigos a tornar esse momento o mais lindo possível, dizendo que a morte é a última grande experiência de vida. Segundo ela, o doente deve ficar em casa, talvez até com a cama no meio da sala, cercado de afeto, flores, ouvindo a voz das pessoas, sentindo o cheiro da comida, vendo quem entra e quem sai.

O especialista concordou.

— O melhor será ela ficar com você enquanto for possível.

Para isso, seria preciso gastar mais. Meu dinheiro não dava sequer para pagar uma enfermeira, mas tínhamos uma empregada dedicada, que se tornou uma irmã. Cuidava de tudo durante o dia, e eu à noite. O computador ficava no quarto ao lado, transformado em escritório, onde eu trabalhava. Mas cada pequeno ruído era suficiente para eu me levantar. Ia falar com ela, servir água, dar os remédios, pegar em sua mão. Dormia em um sofá ao lado da cama, atento ao menor movimento, a qualquer suspiro, e talvez por isso até hoje tenho um sono estranho, porque durmo profundamente mesmo em um terremoto, mas desperto ao menor murmúrio.

Contei tudo isso para as estrelas, repisando fatos e sentimentos. Chorei. O rosto pálido, magro, a cabeça com raros tufos de cabelo, tudo isso ia e vinha em minha mente. A dor explodiu. Solucei e mais uma vez minha garganta parecia estar sendo espremida por um colar de ferro que se apertava cada vez mais. Olhei para as estrelas. Perguntei:

— Por que tudo isso aconteceu comigo, justamente comigo? É tão difícil amar, amar tão profundamente! É horrível estar aqui, sem ninguém!

Meu cachorro saltou para a poltrona a meu lado. Ergueu-se. Apoiou as duas patas dianteiras em meu ombro e lambeu minha orelha direita. Continuei chorando, porém meu coração bateu comovido. Ele mordeu delicadamente o lóbulo da minha orelha. Até me assustei. Tinha dentes grandes, e eu já comprovara a força de suas mandíbulas ao vê-lo quebrar um osso a dentadas. Surpreendi-me ao descobrir que mordia delicadamente, com carinho. Ficou algum tempo lambendo e dando pequenas mordidas na minha orelha.

Minha tristeza foi substituída por um sentimento de alívio. Abracei-o. Afundei a cabeça nos seus pelos.

— Meu amigo... — murmurei.

Descobri que não estava mais sozinho.

3.

HÁ UM GRANDE ENGANO

na relação entre nós, humanos, e os cães. Gostamos de acreditar que somos donos do animal, e que ele nos obedece de rabo abanando por reconhecer nossa superioridade. Tudo não passa de uma estratégia do cachorro para obter uma vida confortá vel. A raça superior é a canina. Provo. O homem trabalha para o cão. Enquanto eu me enervava no trânsito indo para o meu emprego na revista, Uno descansava na grama. Se eu passava o dia em longas reuniões, ou terminando algum texto em cima do prazo, trabalhando como um louco, meu cachorro corria atrás dos passarinhos. Ao voltar para casa, acabado, no início da noite, não tinha sequer tempo para um banho. Uno uivava, e eu era obrigado a servir a ração. Ainda sentia prazer em vê-lo comer! Quem mandava, afinal, em nossa relação? O cachorro, é claro!

No máximo, para fingir que tinha alguma serventia, rosnava para alguém que passava na rua, num arremedo de cão de guarda profissional. De vez em quando me presenteava com algum rato-do-mato morto. *Huskies* são bons de caça, e se algum rato aparecia no jardim, não se salvava. Generoso, Uno colocava o rato na minha porta, como recompensa pelo meu bom comportamento.

— Outro rato, Uno! Já disse pra parar de trazê-los!

Dava fim ao cadáver, morrendo de nojo. O *husky* me encarava pacientemente, talvez refletindo sobre a ingratidão humana, pois eu nem sabia agradecer um presente.

Existem, de fato, bravos cachorros que guardam casas e empresas, ou auxiliam a polícia em aeroportos. Só algumas raças se resignam a trabalhar. A maioria dos cães contenta-se em ser alimentada, aquecida, escovada e acariciada. Seu maior trunfo é o olhar. Quem resiste à expressão cheia de amor de um cachorro?

Muitas vezes, a relação de posse é total, e ai do humano desobediente! Uma amiga, moradora do mesmo condomínio que eu, acreditava ingenuamente ser dona de uma fêmea de pastor-alemão. Todos os dias as duas repetiam a mesma rotina. A humana chegava à tarde. A cachorra a esperava no portão e delicadamente pegava suas mãos com os dentes. Depois a conduzia através do jardim até a porta de entrada, quando de rabo abanando a canina soltava a humana. Certo dia, a moça voltou cheia de sacolas de compras. Quando a cachorra foi pegar sua mão, esquivou-se.

— Hoje não.

A cadela rosnou, atacou. Aos gritos, a humana foi socorrida pelo marido.

O casal amava a agressora. Não conseguiam entender o motivo de tanta fúria depois de anos de convivência. Mas... e se tivesse se tornado perigosa? Acabaram, os três fazendo uma consulta com um psicólogo de animais. Ele foi taxativo:

— É muito simples. A cachorra pensa que é sua dona. Todos os dias a pega no portão do jardim e a leva com a boca até a porta. Ela se revoltou porque você não obedeceu!

Ficaram os três se olhando sem palavras e sem latidos, marido, mulher e cadela.

Foi preciso um longo treinamento até demonstrarem à canina que não era ela realmente a dona dos humanos. A peluda sofreu um ataque de depressão com a perda de autoridade. O casal se preocupou. Finalmente a humana aceitou ser conduzida, todos os dias. Submeteu-se, enfim, à autoridade indiscutível da verdadeira líder familiar: a cachorra!

Há na televisão por assinatura, em um canal internacional, um *reality show* com uma treinadora de cães. Sua especialidade é mudar o comportamento do cachorro, que frequentemente dita as regras da vida doméstica. Meu amigo Vicente assistiu, faz algum tempo, à história de um pequinês que dominava a casa. Dormia na cama do casal com a mulher. Quando o marido ia se deitar, atacava-o aos latidos e mordidas. O homem refugiou-se no quarto das crianças. As visitas também não eram bem-vindas. Amigos eram expulsos pelo feroz pequinês. Proprietário total do território, o peludinho obrigava a dona a passar o dia todo acariciando-o no quarto, enquanto o marido e as crianças viviam pisando em ovos para não irritar o cãozinho. A treinadora diagnosticou:

— Ele é o dono de vocês.

Sem pancadas, sem violência, tratou de mudar o comportamento da pequena fera. Quando ele se comportava mal, virava as costas e dizia:

— Muito feio.

E não lhe dava importância. Ávido por conquistar seu afeto, o pequinês passou a fazer suas vontades. A treinadora adestrou também os moradores humanos. Ensinou-os a resistir ao autoritarismo canino. Em dez dias, o pequinês mudou completamente. Passou a dormir em um cestinho. O marido voltou à cama e à vida conjugal. As crianças perderam o medo. Os amigos começaram a visitá-los. A família recuperou a harmonia.

Só contei essas histórias para explicar como Uno tomou posse da casa. Era um cachorro gentil, e ainda me lembro de seu olhar com emoção. Mas meus horários passaram a ser rigidamente controlados por meu cachorro.

De manhã, eu acordava um pouco mais cedo para supri-lo de água e ração. Se dava tempo, escovava seu pelo. As despedidas eram longas.

— Tenha um bom dia, Uno. Qualquer coisa, me telefone.

Eu o abraçava várias vezes. Quando saía, me acompanhava com o olhar através do portão.

Mesmo morando longe, eu voltava para casa no horário. Se havia alguma festa, saía de novo. Era preciso cuidar da refeição noturna do meu cachorro e, sobretudo, saber se estava bem. Ficava sem jeito por qualquer atraso.

— Uno, querido, tive um imprevisto. É culpa da minha chefe.

Corria para pôr a ração, que ele comia com expressão de mágoa.

Na maior parte das noites, via televisão. Ele se deitava ao meu lado no sofá. Passava a mão na sua cabeça, brincava com seu focinho. Puxava seu rabo. Ele rosnava e fingia me morder. Mas sempre de brincadeira. Ficávamos assim durante muito tempo.

Só se abatia em dia de trovoadas. Tinha horror. Botava o rabo entre as pernas e se escondia em um canto. Eu ia até ele, para confortá-lo.

— Eu estou aqui, Uno. Aqui. Eu tomo conta de você.

Ele botava a cabeça no meu colo e eu o acariciava.

Há algo incrível a respeito da perda. Seja por falecimento, seja pelo fim de um amor. Achava que o sofrimento não ia passar nunca. Às vezes as lágrimas vinham aos meus olhos. Abraçava meu cachorro, sentia que ele era meu alicerce, meu único ponto de apoio nesse mundo. Mas a dor se aplaca. Durante muito tempo lutei comigo mesmo. Achava que não sofrer era uma traição. Aos poucos, deixei de ficar com a voz embargada cada vez que falava o nome de minha companheira. Ou de sentir o peito esmagado quando lembrava do calor de sua mão. E de minhas palavras em seu leito de morte.

— Eu te amarei para sempre — prometi pouco antes da passagem.

Eu estava fechado para qualquer relação. A presença de Uno me acalmava, e descobri que ainda podia sentir ternura. Mas os sentimentos não morrem, e a lembrança continuava viva dentro de mim, uma cicatriz aberta e dolorosa. Quando pensava em minha vida, via uma sucessão de perdas. Amigos do peito afastaram-se porque a vida nos conduziu a caminhos diferentes. Na infância tive uma grande amiga, e toda a família acreditava que um dia nos casaríamos. Mudei de cidade e nunca mais a vi. Mais tarde vivi meu primeiro amor, e ainda me lembro dela com emoção. Uma vez ou outra, durante a vida, tive notícias sobre ela, e sempre penso no que poderia ter sido minha vida se tivéssemos nos casado. Os bons amores ficam guardados. Imagino que existe um salão com uma estante de cristal repleta de vasos, um mais lindo que o outro, uns pequenos, outros enormes, cada qual uma joia única. Às vezes me detenho diante de um deles, aprecio, observo e digo para mim mesmo: "Que lindo! É tão bom de olhar!".

Cada sentimento que vivi, cada relacionamento rompido ou terminado é como se fosse um vaso guardado na estante. No meu coração, acendo uma luz sobre o vaso e contemplo sua beleza. Penso:

— Como foi bom! Onde estará agora? Como terá sido sua vida?

E desejo do mais fundo de mim mesmo que os anos tenham sido legais para aquela pessoa. Cada vaso merece seu destaque, e tem seu lugar no meu coração. Quando uma amizade termina, um amor chega ao fim ou um amor se vai, deixa tristeza e mágoa. Mas, com o tempo, fica a impressão da pessoa legal que passou por minha vida, a beleza da relação. Um vaso, uma joia única, um amor.

Fico horrorizado quando encontro pessoas que, depois de um casamento ou uma grande paixão, entram em batalha. Torturam-se. Atingem extremos de mesquinharia. Maridos que se recusam a dar pensão aos filhos. Mulheres que exigem mais do que o ex pode oferecer. Pessoas que dão um espetáculo de egoísmo. Eu me pergunto:

— O que foi feito daquele amor? Como duas pessoas que foram tão apaixonadas, tão íntimas, são capazes agora de fazer tanto mal uma à outra?

Na estante do meu coração, o vaso ficaria rachado, ou em cacos.

Por que eu falei tudo isso?

Não me sentia pronto para me apaixonar. Mas também não suportava continuar sozinho. Vivendo tão solitário, o mais difícil era ouvir os vizinhos. Os sons de um jantar, o ruído de uma risada, uma voz de criança. Se estava próximo de alguma casa, o tinir dos talheres. Pode haver algo mais doméstico do que o tinir de garfos e facas? Família. Tinha amigos, sem dúvida. Mas cada um levava sua vida, com seus relacionamentos, seus amores. Muitos estariam dispostos a vir se eu pedisse socorro. Entretanto, não se pede socorro todos os dias. A solidão é como uma doença crônica. Atormenta. Dói. Só não vem a crise aguda, aquela que faz gritar por ajuda. Era terrível a sensação de ir a um restaurante, sentar sozinho em uma mesa.

Olhava em torno, via casais e grupos de amigos rindo, conversando. Eu me sentia excluído. Lia uma reportagem sobre um novo local, vinha a vontade de conhecer o cardápio. Entrava sozinho, sendo recebido pelo *maître* sem jeito, olhar de dúvida:

— Quantos são?

— Um só.

Ele me levava, invariavelmente, a uma mesa de fundo. Em muitas ocasiões, era obrigado a chamar o garçom várias vezes, pois passava por mim como se eu fosse invisível. Preferia atender duplas que chegavam depois de mim. No cinema, sentava-me sozinho em uma sala cheia e ouvia as pessoas rirem, comerem pipoca, enquanto eu, isolado, esperava o início do filme. No final, os outros saíam para uma pizza, uma cerveja, sei lá. Eu caminhava até o carro, dirigia até minha casa. No máximo, parava no caminho para um hambúrguer rápido, em um *fast-food*, onde estar sozinho não era visto como um estigma.

O sinal de alerta foi dado no meu aniversário, quando descobri que estava a um passo de nem sei o quê. Acordei, recebi os parabéns por telefone de meus irmãos e minha mãe, que vivia em outra cidade. Minha família nunca foi particularmente unida, e nunca tivemos o hábito de realizar muitas comemorações. Além disso, cada um de nós vivia em uma cidade diferente. No trabalho, onde eu estava havia poucos meses, ainda não formara laços. Ou talvez não fosse um sujeito tão simpático como gostaria, porque só fiz amizades efêmeras. Mesmo no aniversário recebi somente cumprimentos corteses, de praxe. Para evitar festas constantes que perturbavam o desempenho profissional, a empresa decidira que as comemorações deveriam se limitar a uma por mês, para homenagear todos os aniversariantes de uma vez só.

Assim, naquele aniversário, terminei o expediente, mas não queria voltar para casa. Resolvi me dar um presente, já que não ganhara nenhum. Fui a um *shopping*. Comprei um livro que queria fazia tempo e uma camisa polo. Devorei um bife grelhado com fritas, até um pouco gorduroso. E decidi comemorar com um doce — uma extravagância, pois queria perder a barriga. Tenho predileção por pudim, porque minha avó paterna, grande cozinheira, fazia um delicioso, receita antiga, tradicional. Era muito afetiva, minha avó. Mesmo não sendo a mesma receita, todo pudim tem aparência semelhante aos dela, e me sinto imediatamente atraído. Também sou doido por bomba de creme. Parado diante da vitrine, hesitei. Qual comeria? Em seguida, resolvi: "Hoje é meu aniversário. Vou querer os dois".

Fui até a caixa e pedi a ficha. Uma senhora simpática imprimiu o tíquete, sorrindo:

— Já vi que gosta de doces.

— Estão com um jeito delicioso, e perdi a vergonha de ser guloso.

— A gente tem que aproveitar! — ela concluiu, com mais um sorriso.

E me entregou o troco.

Já com o tíquete na mão, dei alguns passos em direção à vitrine. Virei-me. Voltei e senti uma enorme vontade de contar:

— Sabe, hoje é meu aniversário.

A mulher me olhou, surpresa. Ficou constrangida. Abaixou o rosto e comentou:

— Ah, é?

Rapidamente, voltou ao seu trabalho.

Afastei-me, sem jeito. Peguei os doces e fui comê-los sozinho em um banco da praça de alimentação, mas sem sentir o sabor. Havia um vazio no estômago que alimento algum poderia suprir. Eu me sentia envergonhado. Quase implorara por uma palavra de conforto. Por um sorriso e pelos parabéns. Não esperava mais nada, a não ser um contato gentil. Minha necessidade humana foi demais para a mulher acostumada a palavras rápidas, eventuais, sem exigência de emoção. Ela se assustara.

Voltei para casa. Meu cachorro estava no portão, à espera. Não tinha nenhuma ideia do significado de um aniversário, no entanto podia sentir minha necessidade de afeto — os cães são mestres em desvendar a emoção do dono. Sentei-me na sala, e ele veio até mim, encostou a cabeça em meu colo mais intensamente do que fazia todos os dias. Eu o ergui, abracei e disse, como diria a partir de então, muitas vezes:

— Ah, meu cachorro. Somos só nós dois!

Nos dias seguintes, cheguei à conclusão de que não podia continuar vivendo com tão pouco contato humano. Thomas Morton foi um monge trapista — ordem religiosa na qual os membros não podem falar entre si, pois fazem o voto de silêncio — que escreveu vários livros sobre sua experiência. O mais famoso tem o sugestivo título de *Nenhum homem é uma ilha*. De fato eu não era uma ilha, e talvez não suportasse os abismos a que a solidão poderia me levar. Qual seria o próximo passo, depois de implorar por uma palavra amiga da mulher da doceria? Abraçar o segurança do condomínio e chorar no seu ombro? Fazer confidências para o carteiro?

Resolvi me esforçar na outra direção. Conhecer gente. Roberta, uma antiga companheira de trabalho, morava com o marido e os filhos em um condomínio próximo. Telefonei no fim de semana seguinte para dizer que morava por perto e gostaria de visitá-la. Ela me convidou para um churrasco. Passei uma tarde rindo, falando dos antigos tempos de trabalho, da vida profissional — ela estava em uma fase de reavaliação, depois de deixar um emprego de muitos anos. Também gosto de cozinhar, e de repente várias pessoas se convidaram para comer em casa no sábado seguinte.

— Não vou dar conta sozinho — respondi.

— Eu ajudo — ofereceu-se uma voz feminina.

Era Tati, uma amiga da minha amiga. Já ouvira falar dela, mas só fui apresentado naquela tarde. Sabia que fora casada e tinha um filho no final da adolescência. Para minha surpresa, morava no meu condomínio. Tinha trinta e tantos anos, estava um pouco fora de peso, com o rosto redondo e simpático, e parecia cheia de energia.

— A Tati cozinha muito bem — disse Roberta.

Em alguns minutos, combinamos tudo. Tati me ajudaria com a comida. No sábado, chegaria antes dos outros. Trocamos endereço e telefone.

—Vou levar uma sobremesa — completou ela.

Quase suspirei de alívio. O sábado seguinte estava garantido.

Não era só isso. Bem, um homem reconhece sinais. A mulher também. Ninguém precisa ser explícito, porque nos pequenos detalhes tudo é dito sem palavras. No churrasco, Tati fora acompanhada apenas pelo filho, Guel. Portanto estava sem namorado. O rápido oferecimento de ajuda parecia também um sinal de "podemos nos conhecer". Era uma situação comum. Homem sozinho, chegando à maturidade, conhece mulher na mesma situação, e se aproximam.

Tati não era exatamente bonita, mas muito simpática. Gestos ágeis, sua voz às vezes se tornava aguda. Ao conhecê-la, fiz um esforço enorme para não comparar seu jeito com as maneiras delicadas, o tom de voz suave, os olhos profundos de quem eu perdera. Precisava tocar a vida adiante. Nem todo relacionamento tem que desembocar em casamento. Pode ser só um envolvimento. É bom ter alguém para sair, para estar junto, para curtir os bons momentos. Tati dera o sinal verde.

Fiz a barba para esperá-la no sábado seguinte. Botei bermuda e camisa polo, mas me preocupei em combinar as cores e assumir uma aparência mais apresentável. Curioso, Uno observou meus preparativos:

— Vou receber uma amiga, Uno, e acho que vai ser muito bom.

Sua expressão era de dúvida. Expliquei:

— Você é um bom companheiro, mas preciso de algum relacionamento humano. Aposto que você também vai gostar dela.

Ele ergueu o rabo e retirou-se com dignidade para o jardim. Deitou-se embaixo de uma árvore, decidido a não participar de coisa alguma.

Tati chegou pouco depois. Da porta senti seu perfume. Trazia uma torta de maçã.

— Fiz pra gente.

— Entra, entra.

De longe, ela e meu cachorro se observaram por algum tempo.

— Tati, este é o Uno. Uno, esta é a Tati.

— Adoro cães. Tenho cinco! — ela ciciou, cheia de ternura.

— Viu só, Uno, ela gosta de cachorro!

— Vem cá, vem, vem! Pst, pst, pst!

Tati foi até ele. Agachou-se bem perto, sorrindo.

— Ah, que coisa mais linda.

Uno levantou-se e virou de costas. Ergueu o rabo e colocou o traseiro no nariz de Tati. Em seguida, afastou-se. O sorriso dela desabou.

— Ih, ele é arisco.

Amenizei:

— Só no começo. Depois pega amizade. É um cachorro muito afetivo.

Tati observou, duvidosa, o focinho de Uno, que aparecia no meio da folhagem onde se escondera. Ela decidiu não radicalizar, já percebendo a importância de Uno na minha vida.

— Adoro cães! — frisou mais uma vez.

— Vamos fazer a salada? — propus, para fugir da situação.

Enquanto fomos para a cozinha, tive a estranha sensação de que meus namoros dependiam da aprovação de meu cachorro!

4.

DURANTE TODO O ALMOÇO,

Uno permaneceu arredio, enquanto eu e meus convidados ríamos na varanda. Tati ainda tentou se aproximar de novo, mas ele afastou-se orgulhosamente de rabo em pé.

— Sabia que os *huskies* foram uma das últimas raças domesticadas? Ainda são muito próximos dos lobos — comentou Aluísio, marido de Roberta.

— O Uno tem um jeito selvagem. Uiva e não late — concordei.

Falamos sobre cães, já que todos tínhamos algum. Roberta ganhara um filhote de são-bernardo. Estava apaixonada por ele, mas o marido não.

— Quando crescer não vai caber no quintal — resmungava.

— A gente dá um jeito.

—Você não estava falando em mudar pra um apartamento?

* * *

Minha macarronada foi aplaudida. A sobremesa de Tati, mais ainda.

— Minha amiga sempre cozinhou muito bem! — afirmou Roberta.

Mais tarde, Tati deu outra dica:

— Agora você precisa retribuir a visita — murmurou docemente.

Respondi à altura:

— Basta você me convidar para jantar.

— Quarta-feira?

Na noite marcada, depois de comer a ração, Uno preparou--se para ver TV comigo.

— O programa hoje é outro, Uno. Tenho um compromisso! — expliquei.

Ele me encarou como se eu tivesse dito algo inacreditável. Suspirei. Sentei-me na varanda e botei sua cabeça nos joelhos. Cocei suas orelhas.

— Uno, você precisa entender que humanos e cachorros são muito diferentes. Para você que é cão, tudo é mais simples. Se quer carinho, você deita de patas para cima. Dá leves ganidos pedindo atenção e alguém vem coçar sua barriga. Eu gostaria de ser assim. De ter coragem de me aproximar de qualquer pessoa, até numa festa, e me oferecer de patas para cima. Mas não posso. Nós somos complicados. É preciso conhecer alguém, fazer charme, perguntar o signo, de qual filme gosta, que prato prefere... E aí quem sabe ela me deixe ficar de patas para o ar. Você tem que compreender, Uno... Eu sinto... sinto uma enorme necessidade de carinho...

Ele me ouviu atentamente, porém continuou com o mesmo olhar de dúvida. Não sem razão. Às vezes eu também tenho dificuldade de entender o comportamento humano, principalmente no que se refere à vida amorosa.

Botei uma camisa branca, um *jeans* novo. Traje muito estudado, mas cuidadosamente casual, planejado centímetro por centímetro para causar boa impressão. Ao passar perfume, observei meu rosto no espelho, sem expressão, sem alegria. Como se eu fosse ao médico e não a um encontro amoroso. "A vida tem que continuar", decidi.

Com os tênis na mão, caminhei até a sala. Sentei. Meu maior desejo era telefonar dando uma desculpa, ficar em casa. Mas não podia. "Tenho que lutar contra mim mesmo! Reunir forças!"

Ouvi os passos leves de Uno, que entrara na casa. Agarrei-o pelas orelhas.

— Só vou jantar, ter uma noite agradável. Posso?

Em seu olhar se acentuara a reprovação.

— Bem, goste ou não, Uno, eu vou. Você já teve sua ração, eu ainda não jantei. É só isso que vou fazer, receber minha ração. E talvez abanar o rabo. Alguma coisa contra?

Suspirei:

— É uma estratégia para sair do poço, meu cachorro. Conhecer alguém, sair, cortar bolo no aniversário, botar bola em árvore de Natal e abrir presente no dia dos namorados. Ok, tem sido um grande amigo, e ter você aqui tem sido muito bom. Mas eu preciso de companhia humana. Ter alguém para dividir uma pizza.

É fato. Cachorro entende tudo o que a gente fala. Não simplesmente as palavras, mas os sentimentos e as emoções. Sua expressão me dizia: "Uauuuuhhhaaa... você é mesmo um humano complicado. Ela é como um osso que você quer morder".

— Pense você o que quiser, Uno. Eu vou. Você não é meu pai, não é minha mãe, não é meu irmão. É um cachorro e pouco sabe dos humanos.

"Vá, vá! Mas depois não venha ganindo procurar consolo."

Ergui-me. Abri a porta. Uno saiu para o jardim atraído pelo piado de uma coruja. Peguei uma garrafa de vinho e caminhei até a casa de Tati. Todas as vantagens desse novo relacionamento gritavam dentro de mim.

— Ela mora perto, o que já facilita as coisas. É separada, independente. Não vou ter que assumir compromisso, pelo menos de cara. E cozinha bem.

Eu sou um sujeito facilmente seduzido pelo estômago.

Cheguei à casa pequena e confortável, com um jardim cheio de flores. Procurei a campainha. Imediatamente, iniciou-se uma sinfonia de latidos estridentes. Acompanhada por gritos de Tati.

— Parem! Parem!

Os latidos só aumentaram. Senti uma onda de perfume. Era Tati, que veio abrir o portão, seguida por cinco bolas de pelo que saltitavam à minha volta, ainda latindo.

51

— Entre, entre! Eles não mordem.

Um cãozinho atirou-se na barra da minha calça. Seus dentinhos não rasgaram o *jeans*, mas todos ficaram ainda mais nervosos.

— Desculpe, este aqui tem mania de morder as visitas, mas é exceção. Pare, Xico, pare!

Agarrou o selvagem e pôs no colo. Os outros corriam em torno de mim, latindo sem parar.

— Entre, entre, eles latem assim só no começo. Depois se acostumam.

Na sala, duas velas quadradas estavam acesas sobre a mesa de jantar. Sofás estampados com flores, cortinas idem, almofadas...

— E o Guel, seu filho? — perguntei cautelosamente.

— Foi estudar na casa de um amigo.

Outro bom sinal de que o terreno estava livre. Da cozinha emanava um cheiro delicioso.

— Vou servir lasanha, gosta?

— Adoro... Ah, o vinho!

Entreguei a garrafa.

— Coloque em cima da mesa, vou prender o Xico.

Fiquei sozinho na sala, cercado pelos outros quatro que agora me observavam silenciosamente. Dei um passo cauteloso em direção à mesa. No mesmo instante, histéricos, os peludinhos saltaram, latindo.

— Silêncio! — ordenei.

Latiram ainda mais. Dei dois passos e botei a garrafa na superfície de madeira. Os quatro enlouqueceram. Se eu roubasse as cadeiras não latiriam tanto. Tati voltou, aos gritos.

— Parem! Quietos! Parem!

Voltei para o sofá. Os cãezinhos latiram mais um pouco, depois se acalmaram.

— Como se chamam?

— O que está preso é o Xico, você já sabe. Estes são o Xaxá, o Mané, a Olívia e a Estrela, porque tem essa manchinha branca no alto da testa.

— Fêmeas?

— Castradas. Os machos, também.

Explicou a história. Tinha uma única cachorrinha, a Olívia. Quando ela cruzou, nasceram cinco.

— Ia vendê-los, pretendia ficar com só mais um. Tinha acabado de construir a casa e precisava colocar armários na cozinha. Quando vi as coisinhas lindas, peludinhas, não tive coragem de me desfazer. Fiquei com todos, menos uma cachorrinha que minha prima levou quase à força.

Lembrei-me de meu irmão e minha cunhada. Mais uma que não resistira ao poder de sedução canino!

— Ainda bem que você castrou. Senão já seriam uns trinta.

Rimos. Ela um tanto nervosamente.

— É... e o pacote de ração anda caro. Estou desempregada, sabia?

— Não, a gente não falou sobre isso.

— Nem vale a pena, já faz mais de um ano! Abro o vinho?

Acomodei-me no sofá. Um a um, os peludinhos deitaram-se em torno de mim, Xaxá com a cabeça sobre meu colo.

— Viu só? Já são seus amigos! — disse ela, voltando com duas taças cheias.

Peguei a minha, brindamos.

— Saúde — ela disse.

— A nós! — respondi.

Trocamos olhares simpáticos.

— Então, você também adora cães.

— Já nasci cachorreira. Prefiro os pequeninhos.

Observei-a com desconfiança. Seria capaz de não gostar do meu Uno?

— Eu adoro o meu *husky*.

— Ah, sim, *huskies* são lindos. Mas muito desobedientes. Só fazem o que têm vontade.

Quase comentei sobre as pequenas feras que ela criava. Eram algum exemplo de obediência? Achei melhor perguntar:

— Eu não conheço bem as raças. Qual é a deles?

— *Schnauzer*. Tão peludinhos!

Tremi. Se nosso relacionamento se estreitasse, eu teria que adotar os peludinhos? Abdicar do Uno?

Sentamos à mesa. Tati serviu a salada. Depois veio a lasanha.

— Só vou beber um pouquinho, comigo sobe depressa!

— Mas você falou que está desempregada... Conte mais.

Deu um rápido currículo. Fora diretora de uma grande fábrica de relógios de parede. Vendiam para supermercados, lojas de departamentos. Ganhava participação nas vendas.

— Fiz a casa com essa grana.

— E seu ex-marido não ajuda?

— Qual deles, o primeiro ou o segundo?

— O pai do seu filho.

— Ah, o primeiro! Não dá um centavo, nem pra ajudar nos estudos.

— Você não brigou?

Sua saga era parecida com a de muitos executivos. A fábrica fora vendida para um grupo internacional. Na passagem, Tati não fora absorvida.

— Nem liguei quando saí. Achei que seria muito fácil arrumar outro emprego porque minha experiência na área é muito boa. Coisa nenhuma. Cansei de distribuir currículos. Esgotei todos os amigos, parentes e conhecidos que poderiam me apresentar alguém. O problema é que já tenho quarenta anos.

— Não parece — menti.

— Hoje em dia o mercado está cheio de jovens executivos com muito gás. Depois de um ano fora, não estou mais otimista. Fica cada vez mais difícil arrumar colocação.

Conversamos sobre as dificuldades do mercado. Ela sofria muito com a situação, pois a irmã ajudava nas despesas. Sempre fora independente. Mesmo durante o segundo casamento, com um dono de uma empresa, muito rico, continuara a trabalhar.

— Que pretende fazer?

— Comecei a fabricar velas decorativas, como estas aqui — disse, mostrando as velas sobre a mesa.

Terminamos a lasanha. Ela recolheu os pratos e colocou sorvete em duas taças. Elogiei as velas:

— Estas aqui, você que fez? São lindas — elogiei, para ser simpático.

— Gostou? Tenho muitas.

Levou-me até uma espécie de ateliê repleto de velas coloridas e aromatizadas, realmente bonitas. Pegou uma das maiores e botou na minha frente.

— Esta aqui tem tudo a ver com sua casa.

Escolheu outra.

— Esta também.

Era uma situação difícil. Que dizer?

Era presente? Devia agradecer com um "obrigado"? Ou ela estava me oferecendo as velas para comprar? Perguntar o preço seria deselegante? Fiquei constrangido.

— É mesmo. São lindas. Também gosto desta aqui.

Mostrei uma redonda. Tati reuniu as três diante de mim. Sorriu, à espera das minhas próximas palavras. Ainda hesitei.

— Você... ahn... só vende para empresas... lojas?

— Ah, não. O pessoal daqui do condomínio também compra muito.

— Eu acho... bem... fico com as três, são mesmo muito bonitas.

Ela sorriu docemente. Embrulhou-as.

— Também adoro estas velas, são as mais lindas que fiz. Vou buscar uma sacola para você levar.

Com um fio de esperança de que fossem presente, perguntei:

— Quanto é?

Assumiu ar pensativo.

— Deixe eu calcular!

Oh, céus! Para saber o valor de três velas, apenas três, era preciso uma calculadora? Anotou a soma em um papelzinho e me entregou. Perdi o ar. Custavam o mesmo que um casaco que eu pretendia comprar! Mas era tarde para voltar atrás.

—Você acha que é muito?

— Não, não, são tão lindas...

E assim me deixei ser tosquiado.

— Um café? — perguntou ela, enquanto eu pegava seus dados para fazer um depósito bancário.

Sentamos no sofá com xícaras nas mãos, os cãezinhos acomodados perto de nós.

— O Xaxá gostou de você. Ele não é assim com todo mundo. Prova que é uma boa pessoa.

"E não sou um anjo, depois de pagar tanta grana por velas que nem queria?", pensei. Mas disfarcei, com um comentário:

— É que gosto muito de cachorro, e os seus perceberam. Talvez tenham sentido o cheiro do meu.

Passei a mão nos pelos de Xaxá. É tão bom acariciar um cachorro! Ele acomodou-se melhor no meu colo. Uma lufada de vento trouxe o aroma das damas-da-noite.

— Adoro essa flor — comentei.

— Eu também.

—Você pensa em montar uma fábrica de velas?

— Não sei se vale a pena. A margem de lucro é pequena, porque a parafina é muito cara.

"Ah, é? Nesse caso, quanto deveria custar uma vela? O preço de um terno de grife?"

— Comprando parafina em quantidade não barateia?

— A concorrência é grande. Tem gente com preço muito baixo no mercado porque compra vela de cemitério.

Eu pensara já ter ouvido de tudo nessa vida. Mas essa não! A máfia da parafina?

— De cemitério?

— É, existem gangues que roubam a cera derretida das velas dos túmulos. Derretem e revendem a um preço muito baixo.

Olhei para meu pacote com as velas, preocupado.

— Seja franca: estas velas são de cera de cemitério?

— Essas não. Imagine. Fique tranquilo. Quer dizer, sinceramente nem sei se o meu fornecedor está nesse esquema de parafina raspada de túmulo. É melhor nem fazer perguntas!

Oh, céus! "Nunca vou acender essas velas. Imagino a energia que elas têm!"

— Um licor?

— Só o fundinho do copo.

Acomodei-me ainda mais enquanto ela me servia uma bebida adocicada. Nossas mãos se tocaram.

— Que dedos pequenos você tem! — comentei.

Nada melhor que um elogio para iniciar um contato físico. Peguei sua mão. Ela sorriu, meio sem jeito. Mesmo depois de vários casamentos, envolvimentos, namoros e rolos de todas as formas, as pessoas conseguem ficar tão constrangidas quanto adolescentes.

— A sua também é pequena — ela comentou.

— Tenho mão e pé pequenos. Olha. É pouco maior que a sua.

Ela sorriu. Elogiei:

— Você fica bonita quando sorri.

Seu sorriso abriu-se ainda mais. Um homem sabe quando uma mulher quer beijar. Curvei-me, um tanto lentamente. Ela manteve o sorriso fixo, os olhos à espera. Senti um calorzinho na perna. Um calorzinho? De onde vinha.

Um dos cãezinhos fazia xixi na perna da minha calça.

Gritei, surpreso:

— Ih, olha!

— Xaxá, vai ficar de castigo — ela ralhou.

O peludinho fugiu para o jardim.

— Ele sempre faz isso, vivo lavando a capa desse sofá. Desculpe.

Olhei meu *jeans* pingando. Tentei lembrar se tinha outra calça limpa para ir trabalhar no dia seguinte. Disfarcei:

— Ah, não é nada. Só vou passar um pano molhado.

Mas eu estava, é claro, cheio de nojo.

— Tire a calça, eu lavo onde molhou.

— Mas...

— Se eu tivesse roupa emprestava pra você voltar pra casa. Mas aqui somos só eu e meu filho, que é bem menor que você. Do seu tamanho, só saia. Quer?

— Não, mas... tirar a roupa?

— Já cansei de ver homem de cueca.

Torci para que minhas meias estivessem limpas. Tirei tênis e *jeans*. Fiquei de cueca na frente dela, constrangidíssimo. Ela fingiu naturalidade.

— Já volto.

Foi para a área de serviço. Fiquei na sala, de pé, observando com precaução os três peludos restantes. De *jeans* eu me sentia seguro. Seria muito pior se algum se dependurasse com os dentes em minha cueca. Ouvi a torneira aberta. Tati limpava o *jeans*. Em seguida, houve um ruído na porta. Guel, filho de Tati, parou estarrecido na sala:

— Que negócio é esse?

Fui para trás da mesa.

— Ah, é que...

Impossível que me ouvisse. Os cãezinhos quicavam em torno dele, expressando sua alegria com latidos estridentes. Durante algum tempo tentamos conversar aos berros, mas não nos ouvíamos. Tati voltou com a calça na mão.

— Mãe, pode me explicar que história é essa? — gritou Guel, mais estridente que os cães.

Tati gritou de volta.

— Você não ia ficar na casa do seu amigo?

— E você ia cair na farra, mãe?

Mais latidos. Gritos. Latidos. Era enlouquecedor. Arranquei as calças das mãos de Tati.

— Ainda está molhada! — gritou.

— Tudo bem! — bradei.

Vesti-me apressadamente. Um cachorrinho mastigava a ponta de um dos meus tênis novos. Quando tentei puxar, ele cravou os dentes ainda mais profundamente.

— Não force! Será que você não sabe lidar com um cãozinho? — rugiu Guel.

— Ele vai acabar com meu tênis! — gritei de volta.

Guel acariciou a cabeça do peludo. Ergueu dente por dente.

—Viu só? Se tratar com jeito ele obedece! — latiu, ao me entregar o calçado.

Observei a marca dos dentinhos pontiagudos na ponta. Sairiam?

Senti o tecido molhado na perna.

— Lavei bem o xixi — disse Tati.

Guel, surpreso:

—Você mijou na calça?

— Não, o cachorrinho.

— Ah, bom. Vou comer alguma coisa.

A sós com Tati, tentei ser gentil.

— Já vou. A lasanha estava o máximo. Foi uma noite ótima.

— Desculpe...

— Que é isso? Quem tem cachorro sabe que às vezes acidentes acontecem.

Guel voltou da cozinha com um prato cheio de lasanha fria.

— Se ele fez isso é porque ficou nervoso. Deve ter sido alguma coisa que você fez.

— Eu?

— Filhote, vai comer lasanha fria? Deixa que eu esquento!

— Não, tudo bem, já é tarde — respondeu Guel, com raiva.

Mais um segundo e o garoto ia me botar pra fora. Disfarcei mais um pouco. De tanto sorrir já sentia cãibra na boca. Melhor ir embora logo, impossível ficar naquele clima!

— Acordo cedo, vou trabalhar.

— Claro... Vou com você até o portão.

Caminhamos em silêncio.

— Adorei sua casa — comentei.

— Então precisa voltar.

— Claro. Eu ligo.

—Vou esperar.

Quando fui beijar seu rosto, ela virou de leve e toquei seus lábios. Saí. Na esquina, virei o rosto. Ela ainda estava no portão.

"Foi bom, apesar de ter sido obrigado a comprar as velas", concluí para mim mesmo.

Em casa, respirei fundo. O ar da noite era maravilhoso. Quem mora longe do centro sabe do que estou falando. A casa toda exalava paz. Para minha surpresa, durante todo o encontro eu não pensara no meu amor perdido. Senti-me até culpado, mas em seguida refleti: "Esteja onde estiver, ela quer me ver feliz, seguindo minha vida!".

Olhei para o céu; vi uma estrela.

— Talvez seja você, cuidando de mim aí de cima!

O silêncio era espantoso. A solidão, total. Nem os pequenos ruídos... Percebi que faltava alguém.

— Uno, Uno!

Dentro de casa não estava, pois deixara a porta trancada. Procurei no jardim. Acendi as luzes. Procurei. Tudo vazio. Os portões da frente e do fundo continuavam fechados.

Mas meu cachorro não estava mais lá.

Uno desaparecera.

5.

ABRI O PORTÃO DO FUNDO,

que dava para a reserva florestal. Chamei:

— Uno, Uno!

Nem sinal. Logo além era mato cerrado. Rio e cachoeira. Um pântano. No negrume da noite seria impossível encontrá-lo. Refiz o caminho até a casa de Tati. Luzes acesas. Bati. Ela saiu de roupão, e percebi que estava muito mais gordinha do que parecia quando bem-arrumada. Muito menos charmosa do que meia hora antes.

— Esqueceu alguma coisa?

— O Uno sumiu. Achei que podia ter me seguido até aqui, não sei, entrado no seu jardim.

— Meus cãezinhos teriam dado o alarme. Mas venha.

Palmilhamos o jardim, de maneira impessoal, quase como estranhos. O encontro não programado nos distanciava. Uno não estava lá. Confessei, angustiado:

—Tenho medo de que ele desapareça para sempre. *Huskies* não sabem voltar pra casa.

Tati sorriu docemente.

— Se ele sumir eu arrumo um cachorrinho bem peludo pra você!

Quase respondi: "E quem disse que eu quero outro?". Mas tentei ser simpático:

— É que sou doido pelo Uno. Bem, preciso ir.

—Até.

Trocamos um rápido beijo no rosto, sem o toque sedutor do primeiro.

—Vou falar com o pessoal da segurança do condomínio.

Fugas de cães não eram incomuns. Eu e o segurança saímos no carrinho de patrulha. Percorremos todas as ruas.

Nenhuma pista.

— Deve ter se embrenhado na mata — concluiu o rapaz.

— É o que me preocupa — respondi tristonho.

Voltei para casa quase de madrugada. Sentei-me na varanda, arrasado. Encarei a noite.

Amo os cães desde menino. Sou cachorreiro, como dizem. Joli era um vira-latinha branco. Minha família vivia no interior, em um sobradinho comprado com dificuldade. Alugávamos a parte de baixo para um bar, uma lavanderia e uma livraria evangélica tocada por duas missionárias, uma inglesa e outra sueca. Joli dormia no meu quarto, era meu querido companheiro. Eu o amava. Mamãe o soltava todos os dias para passear na rua. Depois voltava sozinho para casa. Isso era comum na cidade onde eu morava. Joli era conhecido no quarteirão, nunca atacava ninguém. Mas um dia voltou da rua muito estranho. Quieto. Amuado. Na manhã seguinte não estava no meu quarto. Fomos encontrá-lo no quintal, entre poças de vômito. Fraco. Gania e soltava um líquido esverdeado pela boca. Mamãe concluiu:

— É veneno.

Havia gente que dava "bolinha" a cachorros. Ou seja, veneno envolto em carne moída. Algumas faziam isso simplesmente porque se irritavam com os latidos. Ou temiam mordidas. Foi terrível assistir à agonia de Joli. Faltei à escola. Fiquei a seu lado. Mamãe levava água, que ele bebia com avidez. Ainda no finzinho da vida, Joli lambeu sua mão, como se dissesse:

— Eu gosto de você!

E morreu. Foi colocado em um saco de estopa, e a última lembrança que tenho é de seu pequeno corpo delineado pelo tecido grosseiro, antes de ser levado embora.

Dali em diante mamãe resistiu a várias das minhas tentativas de adotar um novo cachorro. Cheguei a trazer uma vira-latinha castanha e magricela, chamada Patativa. Foi rapidamente doada a uma amiga da família. Finalmente aceitamos ficar com uma cadelinha já crescida· Julieta, de remota origem pequinesa. Nossa empregada naquela época, dona Irene, se irritava muito com o nome.

— Cachorro não pode ter nome de gente! — dizia.

— Gente é que não pode ter nome de cachorro! — eu respondia.

Metido a intelectual, eu batizara a cachorra com o nome da heroína de Shakespeare. Julieta era alegre. Certa vez foi capturada pela carrocinha. Quando cheguei em casa, mamãe já havia desistido de procurá-la.

— Agora não adianta mais — disse.

— São três dias de carência — insisti.

Eu não podia faltar à aula, e tinha trabalho em grupo no dia seguinte. Mas mamãe resgatou Julieta, que voltou de rabo abanando. Mais tarde, comentou:

— Nem sei como pude pensar em não ir. O que me deu?

A cadelinha me acompanhou por vários anos. Éramos muito ligados. Logo no início de minha vida adulta, fui viver nos Estados Unidos. Passei dois anos fora. Quando voltei, Julieta me recebeu na porta, com latidos de felicidade. Só de ouvi-la me senti em casa.

Três ou quatro dias depois, ao chegar de noite, depois de um dia procurando emprego, mamãe me recebeu na porta, arrasada.

— A Julieta foi atropelada. Saiu de casa como todos os dias para passear. Um carro vinha a toda na curva, ela foi pega em cheio.

O pequeno corpo já fora levado. Eu me senti despedaçado.

— Ela sentia saudade de você — disse mamãe. — Às vezes, ficava parada diante da porta esperando você chegar. Dias antes da sua volta, ficou agitada, alegre, como se soubesse que estava vindo. Dá a impressão de que aguardou você voltar para morrer.

Mais uma vez, prometi nunca mais ter cachorro. Cumpri a promessa por um bom tempo. Quando fui viver sozinho, tive Brigite, uma fêmea de pastor-alemão capa preta, de origem duvidosa.

Nunca cresceu o suficiente, talvez por falta de comida quando filhote. Quando chegou era tão pequena que parecia um rato. A casa onde eu vivia na época tinha um quarto de empregada vazio. Antes de sair, forrava o chão com jornais, botava água e ração e a deixava trancada enquanto trabalhava. Ao voltar, limpava tudo — quanta sujeira! — e passava algum tempo com ela no colo, conversando. Também cozinhava para minha cachorrinha. O veterinário exigira uma dieta especial, com arroz e cenoura. Eu mesmo cozinhava. Até crescer um pouco, seu único contato com o mundo fui eu. Talvez por isso me adorasse. Se eu estivesse dentro de casa, ficava na porta ganindo, e eu entendia que queria dizer:

— Querido! Querido!

Quando sentava, pulava no meu colo. Brava, atacava quem se aproximasse de mim. Às vezes me irritava.

— Pare de latir, Brigite!

Uma noite estava mais doce, mais calma. Imaginei:

— Essa pequena fera está ficando mais tranquila.

No dia seguinte, amanheceu morta. Chorei sem parar. Depois, levei-a ao veterinário.

— Quero descobrir a causa.

De tarde, o resultado: envenenamento.

Suspeito do vizinho, mas ele também tinha cães. Quem mais podia ter jogado veneno no meu quintal para matar a pequena Brigite, que nunca mordeu ninguém? Até hoje não sei. Não consigo entender tanta crueldade.

Veio Tieta. Minha vida amorosa sempre teve muitos altos e baixos. Na época, eu vivia um novo relacionamento.

Um dia, uma cachorra desgrenhada me seguiu na rua. Parei em casa, abri o portão e ela entrou. Descobri através dos vizinhos que era uma cadela muito popular. Morava na rua. Ninguém sabia quem lhe dera o nome. Era enfim, uma homenagem à personagem Tieta de Jorge Amado. Tieta não me largava, dava a impressão de que sempre vivera ao meu lado. Veio o plano Collor. Para quem não viveu aquele momento, eu explico. Para salvar o país da hiperinflação, o então presidente Fernando Collor de Mello congelou os fundos bancários de toda população: poupança, investimento, conta corrente. Cada pessoa só podia dispor de uma determinada quantia. Foi uma loucura. Gente que vendera seu imóvel ficou subitamente sem nada. Empresários não tinham como honrar a folha de pagamento. Eu estava desempregado e contava com minha poupança. Meu relacionamento também começou a fazer água. Sozinho, eu não poderia manter a casa. Passei o contrato para uma conhecida e mudei para um apartamento pequeno e mais barato. Na ocasião, refleti: "A Tieta está acostumada à liberdade das ruas. Não vai suportar um lugar tão menor". Eu estava errado, é claro. Os cães não suportam ficar sem amor, o resto é detalhe. Deixei Tieta com a nova inquilina. Sempre me arrependi. Minha situação financeira melhorou em alguns meses. Eu teria conseguido mantê-la. Ainda lembro do dia em que acordei morrendo de vontade de vê-la. Peguei o carro e bati na porta de minha antiga casa. A inquilina me recebeu, surpresa.

— Parece até que você adivinhou! A Tieta está tendo filhotinhos!

Fui até o quartinho dos fundos onde ela passava pelo parto, o terceiro filhotinho nascendo. Todos com aparência de *dobermann*, o que já era suficiente para identificar o pai. O vizinho tinha um *dobermann*.

— Tieta virou mamãe! — exclamei.

— Não se aproxime, ela pode morder! — disse a inquilina.

Estendi a mão e Tieta me lambeu. Nunca esqueci, pois ela superou o impulso atávico de proteger a cria por causa do amor que sentia por mim.

Meu arrependimento cresceu nos meses seguintes. Encontrei antigos vizinhos, que comentavam:

— A nova dona não se importa com a cachorra. Deixa solta. A Tieta vive suja, abandonada.

Assim que minha situação se estabilizou, também voltei a namorar. Minha nova relação consolidou-se rapidamente e logo dividíamos o mesmo teto.

— Quero trazer minha cachorra de volta — disse eu.

Fomos até minha antiga casa.

— Espero que você não se importe, mas eu queria ficar com a Tieta de novo — expliquei.

— A Tieta morreu.

— Por que você não me ligou?

— Achei que não tinha importância.

Desde então prometi nunca abandonar novamente um cachorro.

Agora, na varanda, sofria pelo sumiço de Uno.

Há algum tempo fui a Israel com um com um grupo grande de pessoas. Caminhávamos à beira da praia, em Tel Aviv quando apareceu um cachorro robusto, de corpo bem definido, musculoso, e pelo curto. Fiz sinal com os dedos.

—Vem, vem.

Aproximou-se. Essa é a vantagem dos cães. Eu não precisava falar hebraico para nos entendermos. Acariciei sua cabeça, seu corpo, rindo e brincando, com o rosto a um centímetro de seu focinho. Ouvi uns gritos, mas não dei importância. Dois homens nervosos pegaram o cachorro. Pareciam bravos. Não entendi muito bem a reação.

A guia explicou, apavorada:

— É um tipo de *pitbull* violento. Fugiu da coleira. Estavam gritando de medo de que ele o atacasse. Poderia até matá-lo.

Tenho certeza de que a vontade de atacar nem passou pela cabeça do cão. De longe, ele reconheceu um amigo.

Cães são capazes de sentimentos surpreendentes até mesmo para os cientistas. Já li sobre experiências a respeito de seu comportamento. Alguns costumam correr para a porta quando o dono está chegando, mesmo antes de qualquer sinal ou ruído. Para muitos a espera começa no instante em que o dono sai do escritório. O curioso é que, em algumas experiências, o horário de saída do dono foi mudado. Mesmo assim o cão se encaminhou para a porta exatamente no instante em que o dono deixava o trabalho, como se a informação fosse fornecida telepaticamente.

Um amigo meu era o rei da balada. Em certa época foi moda ir dançar às 6 da manhã, em lugares que ficavam abertos até o meio-dia, nos fins de semana, para quem não queria acabar a noite. Ele chegava ao extremo de ir dormir às 2 horas da manhã e acordar às 4 para retornar ao barulho. Haja disposição pra sair à noite! Um dia, adotou um cãozinho vira-lata. Apaixonou-se. E adotou novos cães, todos encontrados na rua. Recentemente me ligou. Queria saber se eu conhecia alguém disposto a adotar um cachorro.

— Ele foi atropelado, mas eu o levei ao veterinário. Embora não ande direito, está bem. Precisa encontrar um dono.

— Já encontrou — respondi. —Você.

— Eu não! Já tenho seis, não consigo cuidar de sete.

— Botar na rua de volta você não vai.

Dito e feito. Está com o cachorrinho até hoje. Faz alguns trabalhos extras para pagar ração e veterinário. Confessou:

— Não saio mais à noite. Na balada, tudo é sempre igual. A mesma música, as mesmas pessoas... E eu preciso cuidar dos cachorros!

Minha amiga Vera, casada com Fúlvio, é uma ativista. Salva todos os cães que encontra na rua. Leva a um veterinário, vacina, castra, cuida. E depois trata de procurar um dono. Dia desses achou dois vira-latinhas de pelo curto. Nada mais plebeu. Uma amiga milionária ligou.

— Soube que você lida com cachorros. Estou querendo um.

— Só arrumo vira-latas. Tenho dois filhotes.

— Ah, mas eu queria com *pedigree*, pensei que...

—Você precisa conhecer os bonitinhos!

Duas carinhas de malandro. Irresistíveis. Quando a milionária os conheceu, adotou ambos na hora! Hoje vão semanalmente tomar banho numa clínica de estética para cães a bordo de um carro com motorista particular, sentados no banco de trás. Elegantíssimos.

Certa noite, Vera conseguiu parar uma viatura e convenceu os policiais a resgatarem uma cadela que sofria maus-tratos em uma favela. Encontrou-a amarrada por uma corda, magra e machucada. Brigou com o dono da casa. Salvou a cadela e já lhe arrumou um novo dono.

Há alguns meses encontrei seu marido em uma viagem de avião. Fúlvio contou a aventura mais recente.

— Tínhamos três cães em casa, agora são quatro.

O último fora adotado quando uma vizinha se mudara para o exterior.

O cachorro estava com a irmã da moça, mas ela não cuidava bem. Quando Vera soube, ficou uma fera. Foi até a casa dela e pegou o cachorro. Mas a verdadeira dona voltou e quis o bicho de volta.

— Agora já é nosso, somos doidos por ele! — respondeu Fúlvio. — Vamos fazer o seguinte: eu compro o cachorro!

A discussão aumentou. No fim, a ex-dona pediu uma quantia exorbitante. Fúlvio pagou.

— Sabe, às vezes acho que vou para o céu! — suspirou.

Quem ama os cães sabe do que estou falando. É um sentimento profundo. Adoro agarrar suas patinhas. Abraçá-los. Encostar a orelha em seu focinho. Eu poderia contar mil histórias, mas todas terminariam falando do amor que se tem por um cão.

Contei tudo isso para você ter uma ideia da angústia que me provocou o desaparecimento de Uno naquela noite. Eu me sentia culpado. Ele estava acostumado com o horário que eu chegava. Acostumara-se a ficar aconchegado comigo no sofá, em frente à televisão. A quebra de rotina o abalara. Talvez tivesse se perdido ao tentar ir atrás de mim. Quem sabe?

Naquela noite, cochilei e acordei muitas vezes. Despertava sobressaltado, pensando ter ouvido uivos.

De manhã bem cedo, esquadrinhei o quintal na esperança de vê-lo. Já me haviam dito: *huskies* não sabem voltar para casa. "Nunca mais vou vê-lo", pensei.

Mas Uno era uma exceção. Ouvi um uivo no portão de trás. Corri. Ele me esperava com o pelo arrepiado e úmido, e uma estranha expressão de culpa. Entrou mancando e arranhado em vários locais do corpo.

— Você brigou, Uno?

Ergui os olhos. No alto do alambrado, preso no arame farpado, havia um tufo de pelos. Não havia visto no escuro da noite anterior. Com a agilidade de um gato, Uno escalara a cerca. Emocionei-me:

— Uno, que coragem! Você queria tanto ir comigo que fugiu e se perdeu! — imaginei, dando-lhe um abraço.

Quanta ilusão! Notei algumas penas brancas grudadas em seus pelos.

— Que estranho! Onde você arrumou essas penas?

A expressão de culpa aumentou. Suspirei.

— Que esquisito...

Mal me aguentava em pé devido à noite maldormida, mas precisava trabalhar. Ainda levei meu cachorro até a varanda e tirei a sujeira grudada em seu corpo. Notei mais penas brancas, próximas ao pescoço, presas no pelo úmido, e espinhos. A cada espinho arrancado, ele tentava fugir. Um *husky* é forte. Precisei de toda minha força para segurá-lo.

— Quieto, Uno, quieto!

Com uma tesourinha, cortei os pelos mais emaranhados. Servi ração e água.

— Eu tenho que ir, mas promete não fugir de novo?

Observei-o novamente. Sua expressão era cada vez mais suspeita. De quem tinha feito alguma coisa errada.

Eu só não imaginava quanto!

Ao me aproximar do portão, vi o síndico do condomínio estacionando o carro. Saiu e caminhou em minha direção.

— Preciso falar com você — avisou, sério.

— Aconteceu alguma coisa?

— Seu cachorro comeu um dos patos do lago.

Caiu a ficha. Compreendi o mistério das penas brancas.

O condomínio tinha um lago com gansos e patos, cercado por árvores floridas e por um lindo gramado. Era perto de casa e também próximo à cerca que separa o condomínio da reserva florestal. Uno escalara meu alambrado, fora até o lago e, segundo testemunhas, abocanhara um pato. Fugira atravessando a cerca de arame farpado que cercava o condomínio. Escondera-se na floresta para desfrutar da refeição.

— Uno, seu safado! Você comeu o pato?

Ele sentou-se em um canto da varanda. Assumiu ar filosófico, como se nada fosse com ele.

— Foi ele, sim, todo mundo conhece seu cachorro. — disse o síndico.

— Olhe, eu peço desculpas. Prometo que não vai acontecer novamente.

— Tomara que não. Sabe que é proibido deixar cachorro solto no condomínio?

— Ele fugiu. Vou reforçar o arame farpado...

— Ótimo.

— Bem, preciso ir trabalhar. Mas fique seguro de que...

— Tudo bem. Tome.

O homem me estendeu um papel.

— Que é isso?

— A multa.

— Que multa?

— Pelo pato! É regra. O dono do guloso paga o pato!

Olhei o preço.

— Por esse valor podia ter levado meu cachorro a um rodízio de churrasco.

— Tem que pagar, está na convenção do condomínio. Pode quitar junto com o boleto do mês.

O síndico se despediu. Olhei para Uno. Desta vez a fera era eu.

— Veja só o prejuízo que você me deu. Não é um cão de guarda. Não paga pela ração que come e ainda faz um banquete com o pato? É assim que você trata seu dono?

Meu cachorro continuou admirando a paisagem, com o jeito mais inocente do mundo. Não estava nem aí. O assunto não era com ele.

6.

A CONVIVÊNCIA TORNOU-SE

difícil, principalmente pelo hábito que Uno desenvolveu, a partir de então, de se banquetear com os patos do condomínio. Duas ou três vezes por semana eu ouvia uma gritaria. Já sabia do que se tratava. Saía e recebia os seguranças indignados:

— Seu cachorro fugiu com outro pato na boca.

— Impossível. O Uno está aqui, tenho certeza. Deve ter sido outro cachorro. Quer ver?... Uno! Uno! Uno?

Nem sinal. Eu era obrigado a reconhecer:

— Ih... Ih, acho que ele fugiu, sim!

Sempre o mesmo roteiro. Caçava o pato, escondia-se na mata, enchia a pança e voltava pelo portão dos fundos com ar de inocência. Argumentei longamente com ele. Pedi que tivesse juízo. Clamei por uma mudança de atitude.

— Uno, ossos de aves podem se quebrar. E perfurar o estômago. Pense na sua saúde.

Nem se deu ao trabalho de uivar em resposta. Insisti:

— Leve minha questão financeira em consideração! Patos custam caro. Principalmente estes daqui, porque o condomínio enfia a faca! Se eu pedir um pato laqueado no restaurante chinês, será mais barato. As multas vão me levar à falência, Uno!

Ele foi se deitar um pouco mais adiante. Cruzou as patas. Uma sobre a outra, como um lorde. Fiquei com o prejuízo.

Huskies são caçadores. Muitas vezes vi Uno no gramado a espreita de um pássaro. Deitava-se de barriga no chão enquanto a pobre vítima ciscava. Arrastava-se até ela. Quando próximo, assustava o pássaro com o movimento. O incauto voava. Esse era o truque. Uno saltava sobre a ave em pleno ar, como se tivesse calculado o voo.

O problema dos patos era mais grave. O lago com os patos era o maior orgulho do condomínio. Resolvi contratar uma empregada que funcionasse como babá de cachorros. Era uma despesa inesperada, mas eu faria tudo por meu cachorro.

Tati, de quem eu me aproximara bastante nos últimos tempos, indicou uma candidata. Entrevistei a moça.

—Você gosta de cachorro?

— Lavo, passo e cozinho bem. Trivial simples.

— Ótimo. Mas preciso de uma babá de cachorro.

—Vivo com cães desde menina.

Foi contratada, com a condição de passar o dia de olho no devorador de patos.

— Quando ele tentar escalar a cerca, dê um banho de mangueira nele. Assuste-o. Mas não o deixe fugir.

Logo se tornou comum ver a moça correndo pelo quintal de esguicho na mão.

— Não, Uno, não! Volte!

Era uma heroína. Nas semanas seguintes meu cachorro só pegou dois patos. E apenas nos horários em que a responsabilidade de vigiar era minha. Em compensação, pegou horror da empregada. Bastava olhá-la para se lembrar de jatos de água. Pude respirar aliviado: as brigas com o condomínio acabaram.

O episódio dos patos estava praticamente superado quando Uno criou uma situação ainda pior, por envolver a moral e os bons costumes.

A vizinha da frente tinha uma cachorrinha de porte médio, pelos dourados, muito linda. Com os filhos já crescidos, a dona transferira todo seu amor materno para a vira-lata, que ela jurava ter *pedigree*.

Botava lacinho na cabeça da cachorra. Sininho no pescoço. Escovava os pelos. Seu maior orgulho era poder afirmar:

— Ela é virgem!

Boa parte dos donos não se preocupa com a vida sexual canina. A não ser para cruzamentos, obtenção de filhotinhos etc. Nesse caso, acontecia o contrário. A vizinha não se cansava de dizer:

— Ela é uma dama! Não facilita para esses cachorros brutos.

— Sei — eu respondia.

Que dizer? Ela só faltava botar a cadelinha num convento.

Assim que o episódio dos patos se encerrou, percebi que a rotina de Uno mudara novamente. Agora passava o dia olhando para rua, aspirando o ar. Se eu abria o portão, se esgueirava para sair. Que corpo flexível! Para impedi-lo, às vezes eu atirava a pasta de trabalho no chão e o agarrava pelas patas traseiras. Ele se revoltava. Virava e prendia minha mão com os dentes. Não me mordeu, nunca. Mas demonstrava sua fúria de forma simbólica. Inocentemente, pensei que ele queria ir atrás dos patos. Ou quem sabe de algum ganso.

Dias depois, descobri a verdade ao ouvir uns berros na casa da vizinha. Minha empregada chamou, desesperada.

— Corre, o Uno está lá na casa da frente!

Saí às pressas.

O marido tentava expulsá-lo com o rodo. A mulher segurava a cachorrinha no colo, protegendo-a. Uno fugia do homem, mas voltava em seguida, disposto a namorar a virgem.

— Seu cachorro entrou na nossa cozinha!

— Por pouco não pegou a Sonata!

Sonata era o nome da cadelinha. A vizinha quisera ser pianista, quando jovem.

— Uno, que história é essa?

Ele me encarou, como se perguntasse: "Acha que como humano tem direito a uma vida sexual e eu não, porque sou cachorro?".

Agarrei-o.

— Você vem pra casa! Agora!

Ele soltou todo peso do corpo no solo.

— Já disse, Uno, vamos para casa.

Tentei arrastá-lo pela grama. Ele se agarrava no solo com as patas. Que paixão!

— É melhor levar a cachorra pra dentro — aconselhei.

— Eu levo, mas não adianta. Cães sentem o cheiro do cio de longe.

Antes de entrar, a vizinha avisou:

— Dê um jeito de manter esse selvagem no seu quintal. Se ele entrar em casa outra vez, não respondo por mim.

Uno resistia. Argumentei.

— Ouviu o que ela disse? Venha comigo, é para o seu próprio bem.

Quem disse que ele me obedecia? Finalmente, eu o ergui à força.

— Agora você vem! — rugi.

Dei dois passos e ele começou a se contorcer. É incrível como um cachorro pode ser forte. Usei todas as minhas forças para prendê-lo. Berrava.

— Fique quieto! Quieto!

Mal consegui atravessar a rua. Coloquei-o no quintal.

— Agora você vai ficar aqui! Aqui!

Uno correu para o portão. Tranquei com o cadeado.

Tati veio jantar comigo. Chegou com um pedaço de carne assada.

— É só esquentar. E faço uma salada.

— Ótimo — respondi.

Foi para a cozinha. Continuei na varanda.

—Você não vem?

— Não posso sair, estou tomando conta do Uno.

— Como assim?

— Se eu virar as costas, ele escala o alambrado, pula o muro da vizinha e dá um trato na cachorrinha dela.

— Ah, mas se ela está no cio isso é normal. Cachorro é assim mesmo, fica louco quando sente o cheiro.

— Ele parece mais interessado que todos os outros cachorros do bairro. Já invadiu a casa da vizinha. E o pior: a cachorrinha é virgem.

— O quê?

— A dona faz questão que continue intocada.

Tati surpreendeu-se:

— A vizinha resolveu proteger a virgindade de uma cachorra?

— Isso mesmo. O nome da cadelinha é Sonata, imagine.

— Ih! E você vai ficar na varanda até acabar o cio?

— Tem alguma ideia melhor?

— E aquele quartinho dos fundos?

Tentamos levar Uno até o quartinho. Revoltado, soltou-se de nossas mãos duas ou três vezes. Tivemos que persegui-lo pelo quintal. Arrastei-me na grama. Tati tentou seduzi-lo com um pedaço de carne. O safado aproximou-se. Abocanhou o petisco e fugiu de novo! Finalmente, exaustos, conseguimos trancá-lo.

— Melhor que fique preso até o fim do cio. Dura só de dez a quinze dias.

— É... acho que vai dar certo. Vou tomar um banho e já volto.

Tomei uma ducha bem quente. Fiz a barba. Passei perfume.

Quem sabe eu teria uma chance com Tati. Os sinais estavam lá, todos bem claros: visitinha noturna, comidinha... Essa era a noite!

Ela acendeu duas velas, das duzentas ou mais que me fizera comprar nos últimos tempos.

— Achei essas velas.

Apesar da lembrança do desfalque, sorri.

— Ficam lindas.

Na mesa, um vaso com uma flor recém-colhida do jardim.

— O cheiro da comida está ótimo — eu disse.

— Ah, pensei em você aqui sozinho e achei que seria gostoso vir aqui, ficar com você. Posso servir seu prato?

Botou carne e salada. Nossas mãos se tocaram algumas vezes.

— Posso colocar uma música? O que prefere?

— Escolha você — murmurou.

Decidi por uma romântica. Comemos. Sorrimos.

— Vou pegar a sobremesa.

— Sobremesa?

Voltou com uma musse de maracujá. É uma receita deliciosa, bem simples.

— Hoje você caprichou — falei, olhando para a musse.

— Que é isso? Deixe eu pegar os pratos.

— Fique sentada. Eu pego.

Levantamos juntos. Estendi o braço e a trouxe até mim. Ela sorriu. Eu a beijei. Depois nos beijamos novamente. Nossos rostos se afastaram alguns centímetros.

— Vou lavar os pratos — ela disse.

— Deixe, eu levo pra cozinha e amanhã a empregada lava.

— Mas vai ficar essa sujeira...

— Fique tranquila. Só me ajude a guardar a travessa.

Rapidamente colocou a travessa na geladeira. Eu a beijei de novo.

— Preciso ir.

— Agora?

— Já está tarde.

— É algum problema com seu filho?

— Não, claro que não... Imagine que justamente hoje ele foi dormir na casa de uma amiga. Até já deixei ração para meus cachorrinhos, mas é que...

Adoro uma desculpa esfarrapada. Enquanto fingia não poder ficar, dava todos os motivos para permanecer. Peguei a deixa.

— Fique aqui.

— E amanhã cedo?

— Você está sem emprego. Pode ficar à vontade.

— É que...

Ela sorriu. Nos beijamos. Eu a puxei para o quarto. Outro beijo.

— Eu gosto de você — disse.

— Também gosto de você.

Nesse instante ouvi um uivo. De fato já ouvira uns gemidos antes, mas disfarçara, pensando: "Já, já ele para". Mas agora era um uivo alto, prolongado. Parei o beijo.

— Que foi?

— O Uno.

— Está uivando assim porque ventou mais forte e ele sentiu o cheiro da cachorrinha — explicou Tati.

— Que faço?

— Reze pra parar de ventar.

Outro beijo, mas já sem tanta tranquilidade. Os uivos se tornaram mais fortes.

— Ele vai acordar o condomínio todo.

— Quem sabe ele se cansa — insisti, esperançosamente.

Ela se afastou um pouco. Agora o uivo era ainda mais agudo. Desesperado.

O vento aumentava. Dava para ouvir seu som nos galhos das árvores.

— Quanto mais o vento soprar nessa direção, mais alucinado ele vai ficar.

— Tinha que ventar logo hoje? — reclamei.

Mais uivos. Pra variar, o vizinho acendeu as luzes.

— Daqui a pouco vão chamar a segurança — ela insistiu.

— Espere... Vou dar um jeito. Já volto.

Botei camiseta e chinelo e saí. O vento congelava minhas orelhas. Entrei no quartinho. Uno foi para um canto e me encarou com expressão culpada.

— Vamos conversar, eu e você — expliquei. — Somos bons amigos, não somos?

Silêncio. Bom sinal.

— O caso, Uno, é que é uma ocasião especial. Você sabe, eu e a Tati estamos nos conhecendo. Ela trouxe um jantar, minha ração, você entende, e vai dormir aqui. Você sabe como são essas coisas. Nós, cães e humanos, temos alguma coisa em comum. Como a atração entre os sexos.

Mais uma lufada de vento. Uno aspirou o ar. Ergueu o focinho e uivou outra vez. Não parecia muito preocupado comigo.

— Pare! Vamos conversar de homem pra homem. Ou de cachorro pra cachorro, como preferir. Uno, o caso é que estou acompanhado.

Seus olhos me fitaram com atenção.

—Vamos encarar os fatos. Há a questão do consentimento. No seu caso não houve esse tipo de coisa. Você invadiu a casa. E a cachorrinha tem uma dona que quer preservar sua pureza. Bem, pureza é um conceito humano, mas acho que você me entendeu. Então, vamos fazer assim, Uno. Você é um cachorro com *pedigree*. Seu avô foi capa de revista. Muitas *huskies* charmosas de olhos azuis se sentiriam felizes em ter filhotinhos com você. Se for paciente, eu tratarei disso qualquer hora dessas. Agora fique calmo. Deitadinho.

Humildemente, Uno acomodou-se melhor.

— Obrigado, meu cachorro!

Fiz um carinho no alto de sua cabeça e saí. Assim que fechei a porta, ouvi um uivo ainda mais longo. O vento tornou-se ainda mais intenso. Abri a porta. Uno correu de volta para o canto. Disparei:

—Tudo que conversamos não valeu?

Ele ganiu.

— Seja um bom cachorro e fique quietinho.

Dei dois passos em direção à porta. Uivou. Virei. Silenciou. Tentei sair. Mais dois uivos.

— Uno, você não me dá paz!

Três longos uivos seguidos.

Instantes depois, voltei ao quarto com Uno no colo. Tati me esperava já embaixo das cobertas.

— Mas o que esse cachorro veio fazer aqui?

Botei Uno na cama.

— O único jeito é trazê-lo pra dentro. Comigo, ele fica quieto.

— E eu?

— Não se preocupe. Ele não morde. Só solta muito pelo, mas amanhã cedo você toma um banho.

—Acha que vou ficar beijando você na frente do cachorro?

— É... Eu também vou ficar constrangido.

Uno acomodou-se, com o corpo enrolado e a cabeça entre as patas. Aparentemente, o meu quarto ficava fora da direção do vento. Ou a nossa presença inibia os uivos.

Sorri para Tati, tentando ser caloroso.

— É uma situação especial, você entende?

— Não, não sei se entendo. Era nossa noite, eu vim aqui... E agora você coloca esse cachorro na cama?

—Você também dorme com seus cãezinhos. E são cinco!

— Mas não dormiria se você estivesse lá.

Olhou firme para mim.

—Vou pra casa.

— Não, fique aqui!

— Amanhã a gente conversa.

Vestiu-se rapidamente. Levantei-me.

—Vou acompanhá-la.

Ela saiu brava. Voltei para o quarto. Reclamei:

—Você não tem vergonha, Uno, de me botar nessa situação?

Inútil! Formando uma curva com seu corpo, já ressonava. Bem no meio da cama. Ainda dificultou a minha entrada embaixo dos cobertores.

Pior: acordei cedinho com os ruídos que fazia raspando a porta, já toda riscada por suas unhas. A brisa, na direção do meu quarto, trouxera novamente o cheiro do cio. Só havia uma solução: levei-o para um hotelzinho.

— Preciso deixá-lo aqui até passar o cio da vizinha, digo, da cachorra da vizinha, quer dizer, a vizinha não é uma cachorra, ela tem uma e...

— Já entendi — disse o veterinário. — Casos como o seu são comuns. Quando o cio começou?

— Ontem, acho.

— Melhor esperar nove dias. O preço da diária é...

Meu orçamento dava para sete, no máximo. Abracei Uno e me despedi.

— É só por um tempo, querido, porque a situação está dramática.

Ele me olhou com uma expressão magoada.

De qualquer maneira, Uno não estaria em casa por alguns dias.

— Agora é minha vez! — resolvi.

Na saída do trabalho comprei um buquê de flores e uma torta de chocolate. Bati na casa de Tati. Em meio à barulheira dos cãezinhos, Guel abriu a porta. Fitou as flores, irritado.

— Não sabia que tinha combinado um encontro com minha mãe.

— Não marquei. Preciso falar com ela.

Sentei no sofá. Depois de uns quinze minutos, usados certamente para se arrumar, Tati entrou. O filho trancou-se no quarto.

— Flores?

Notei o meio sorriso. Botou o ramalhete em um vaso, sentou-se. Ofereci a torta.

— Ih, hoje não fiz jantar. E você trouxe a sobremesa.

— Fica tranquila, se quiser a gente come um pedaço da torta e conversa.

Meio sem jeito, serviu dois pratinhos.

— Adoro chocolate — ela contou.

Era a deixa para começar a conversa.

— Sinto muito por ontem. Mas é que... Acho que você entende.

— Claro que sim. Seu cachorro.

— Pois é. Meu cachorro.

Sorri esperançosamente.

— Mas você também tem cães. É apaixonada por eles.

— Os meus cachorrinhos eu controlo. Boto no canil. Eles latem, irritam, mas não acordam todo o condomínio.

— *Huskies* uivam.

— Os meus não escalam alambrados. Ou atravessam arame farpado.

— Sim, realmente o Uno é diferente. Especial.

— Você já contou quantos encontros deixamos de ter porque você tinha que ficar com ele?

— Foram só duas vezes. Teve uma vez que ele ficou doente e eu... não quis deixar o Uno sozinho. Fiquei preocupado — lembrei.

— Tudo bem. Eu também não deixaria os meus. Mas o seu cachorro é uma força da natureza. É pior que um furacão.

— Também não exagere.

— Ontem eu fiz jantar, me arrumei, achei que a gente estava se entendendo e de repente estava com um *husky* siberiano no meio da cama!

— Ele já está hospedado em um hotel.

— Pra falar a verdade, nunca imaginei um triângulo amoroso com um cachorro.

— Você está exagerando.

— Estou?

— Vai ter ciúme de um *husky*?

— Não é bem ciúme. Ontem fui trocada por um cachorro.

— Foi uma crise.

— Será sempre assim. Você é doido por esse cachorro. Olha, eu sei que você mudou para cá num momento difícil emocionalmente e que o cachorro é seu melhor amigo. Mas... e eu? Onde fico?

— Você está sendo irracional, Tati. Irracional.

— Você é que é irracional.

— Parece que o único racional é o cachorro — respondi.

— Agora você está perdendo a razão — ela falou, abandonando o pratinho com a torta.

Também deixei o meu de lado.

— Você é um cara legal. Temos idade parecida, gostamos de morar aqui, longe da cidade, a nossa conversa rola, quando a gente começa não para mais, enfim... Nem temos idade pra disfarçar que estamos começando alguma coisa. Mas você vai ter que decidir.

— O quê?

— Ou eu ou o cachorro!

Sem hesitar, respondi:

— Fico com o cachorro.

Fugi antes que ela me atirasse a torta na cara.

7.

O QUE TEM QUE SER, SERÁ,

diz a sabedoria popular, que mais uma vez se mostrou correta. Na data marcada, busquei Uno no hotelzinho. Veio no carro calmamente, até nos aproximarmos de casa. Nesse momento, se agitou.

Pulou na janela. Ganiu. Mexia o pescoço como se quisesse me mostrar alguma coisa.

— Saudade de casa, Uno? — perguntei ingenuamente.

Dirigi bem devagar, enquanto tentava segurá-lo com uma das mãos.

— Quieto, Uno, quieto!

Só então refleti que talvez não fosse exatamente saudade!

Alguém segura um *husky* enlouquecido de paixão pelo cheiro do cio?

Sim, eu fora otimista demais com as datas. O tempo no hotelzinho não fora suficiente! Mas não podia pagar mais dias, que fazer? Botei Uno no quintal. Já era noite. Resolvi, apesar do rombo que provocaria no meu orçamento:

— Amanhã ele volta pro hotelzinho.

Fora um longo dia de trabalho. Estava cansado.

— Esta noite fico de olho!

Botei a ração. Esquentei o jantar que a empregada deixara em panelas sobre o fogão. Ao me sentar para comer, ouvi um grito injuriado na vizinha, seguido por latidos e uivos.

— Saia daqui, peste, saia!

Corri para fora. Novo drama se desenrolava. A vizinha uivava sentada no jardim da frente, com a cachorrinha Sonata no colo. De mangueira na mão, o marido atirava jatos de água sobre Uno, que resistia no jardim.

— Que aconteceu?

— Ainda pergunta? — gemeu a vizinha. — Seu cachorro atacou a minha queridinha. Foi só um minuto, um único minuto, quando deixei a Sonata na cozinha e fui tomar um banho. Ouvi um barulho esquisito, mas não me preocupei. Pensei que esse safado ainda estivesse no hotelzinho, como você disse!

— Saiu hoje, pensei que o cio tivesse acabado. Nem sei como ele pulou o alambrado. Só ficou sozinho enquanto eu esquentava o jantar.

— Esse seu cachorro parece um gato! — disse o marido. — Eu vi quando ele fugiu da outra vez. Sobe pelo arame como se estivesse andando no chão! É o que deve ter feito. Escapou e entrou na nossa cozinha, onde estava a pobre Sonata e...

— Ih... Será que...

— Foi — concordou o marido. — Eles estavam fazendo o dó-ré-mi!

— Eu devia chamar a polícia — choramingou a mulher.

— Não se prende um cachorro por sedução — argumentei. — Mesmo porque, ao que tudo indica, houve consentimento da outra parte. Agora a sua Sonata deve estar grávida.

— Será?

— Dizem que basta uma vez. O jeito é a gente se conformar. De certa maneira, viramos parentes.

Saí, arrastando meu cachorro, que, é claro, não pretendia deixar o quintal da vizinha por nada deste mundo.

—Você tem que tomar juízo, Uno!

Dali a pouco tempo a cadela já ostentava a barriguinha.

—Vou ser vovó — anunciou a dona.

Meses depois, nasceram três filhotes, bem peludinhos.

—Você é papai, Uno! Papai!

Ele uivou, feliz, como se tivesse acompanhado a companheira na maternidade.

Quase fiquei com um. Machos, porém, costumam brigar entre si. É uma questão territorial. Além disso, a vizinha tinha outros planos:

— Estou louca por eles. Até já têm nomes: Beethoven, Mozart e Vivaldi.

— Quem sabe na próxima ninhada venha alguma fêmea e você possa homenagear as personagens de ópera: Carmem, Tosca... — comentei.

— Não haverá próxima ninhada — garantiu a mulher. — Minha Sonata não vai cair nas patas de nenhum outro cão.

Observei a cadela dando de mamar aos três filhotinhos de uma só vez, encantada com a maternidade. "Tem dona que é cega!", pensei.

* * *

Financeiramente, minha vida melhorava. Fui promovido a diretor de redação de uma das revistas da editora. Salário bom. Não encontrei mais com Tati. Evitei visitar nossa amiga em comum. Saía com meus amigos jornalistas. Oferecia churrascos nos fins de semana. Comecei a fazer terapia.

— O tempo passa e eu ainda sinto falta da pessoa que perdi, continuo preso nas mesmas emoções, a tudo que aconteceu!

— Cada um tem seu tempo — explicou Vicente, o terapeuta. — Para alguns é rápido. Outros demoram muito para se desligar de uma experiência. Não há certo ou errado.

— Minha única relação afetiva estável é com meu cachorro!

— Dizem que quem não consegue gostar de um animal será incapaz de amar outra pessoa. Não seja severo com você mesmo, viva seu próprio ritmo.

Meditava sobre meus sentimentos. Como se esquecer fosse trair. Apesar da dor, da saudade, eu tentava manter a lembrança viva. E a cicatriz continuava aberta. Desde criança, ouvia dizer que o amor é único. Que deve ser doado a uma só pessoa em toda vida. Perder alguém era o mesmo que encerrar a vida afetiva. Com o tempo, porém, comecei a pensar que talvez fosse diferente. A gente ama a família, os amigos... e pode amar outra pessoa, mais uma vez, e outra e outra! O coração não é um loteamento dividido em terrenos, onde cada um toma posse do seu pedaço. E que depois fica lotado, com terrenos grandes e pequenos, dependendo do amor que se dedica a cada um. Não. O coração é um mundo. É enorme, capaz de abrigar muitos amores. Cada pessoa que chega tem o seu lugar, porque a capacidade de amar é infinita. Só que, naquele momento, as portas do meu coração estavam fechadas, e eu não tinha a chave para abri-las.

Precisava de tempo. Do meu tempo. De paciência. Esperar que as portas se abrissem e eu pudesse receber um novo sentimento.

Enquanto isso, tinha meu trabalho, meus amigos e meu cachorro.

Assim, não procurei Tati por um bom tempo. Acabamos nos encontrando num supermercado meses depois. Ela me viu de longe e acenou:

— Oi!

— E aí, tudo bem?

Ao seu lado, um senhor alto, de cabelos grisalhos e jeito sério.

— Este é o Jean — apresentou.

Estendi a mão. Ele sorriu secamente.

— A gente vai dar um churrasco no sábado — ela disse. — Se quiser aparecer...

As pupilas do homem faiscaram.

— Já tenho um compromisso — disfarcei. — Bem, preciso ir...

— A gente também já vai. Até!

— Claro. Até!

Em casa, olhei-me no espelho. Comparei. Seria parecido com aquele senhor de cabelos brancos? Não, tinha poucos fios grisalhos. E o ar definitivamente mais bem-humorado. Não me senti exatamente trocado. Mas era estranho encontrar Tati com aquele homem, namorando. "A vida segue", refleti.

Talvez nunca mais a tivesse visto se não fosse por Uno. Sempre tive o hábito de escrever até de madrugada, principalmente nos fins de semana. Escolhi a carreira de jornalista por necessidade de sobrevivência, mas ainda sonhava em escrever meu livro. Recentemente fora convidado a escrever crônicas para uma revista de grande circulação nacional. Uma oportunidade maravilhosa porque, semana sim, semana não, tinha que pensar em novos temas, trabalhar o texto. E me tornei mais disciplinado. De noite, botava o pijama e sentava para escrever de frente para a varanda. Certa noite, estava no meio de um texto quando ouvi um uivo desesperado e, em seguida, uma série de ganidos cheios de sofrimento.

— Uno? — levantei-me.

Ele se aproximou da porta-balcão mancando, parou na minha frente e ergueu o focinho, ganindo por ajuda. Na sombra da varanda estava quase irreconhecível; seus contornos indefinidos pareciam os de um monstro. Olhei melhor. Que horror! Focinho, cabeça, pelos, tudo estava coberto por um emaranhado de espinhos. Tantos que, no escuro, o faziam parecer um personagem de filme de terror. Durante um instante não entendi o que acontecera. Em seguida, me dei conta do que era.

—Você atacou um ouriço!

Cheguei bem perto dele. Coloquei a mão em um espinho para tirar. Uno deu um grito quase humano e afastou o focinho. Percebi que estava bem preso. Alguns estavam soltos em seu pelo. Peguei um. Era impressionante.

O espinho de um ouriço é uma espécie de agulha de osso grossa e rígida, muito mais forte do que jamais imaginei. O pior: possui pequenas ranhuras que facilitam sua entrada, mas que rasgam a pele quando o espinho é puxado, provocando mais feridas. A força do ouriço para expeli-los também me impressionou: alguns atravessavam o focinho, até o interior da boca. A cada instante penetravam ainda mais. Espalhavam-se por todo o corpo. O rosto concentrava o maior número, quase impossível contar quantos ao todo. Era óbvio o que sucedera. Um ouriço entrara no quintal vindo da reserva ao lado do condomínio. Atacado pelo *husky*, defendera-se soltando todos os espinhos de uma só vez, numa verdadeira explosão.

Meu *husky* sofria desesperadamente.

Eu conhecia um veterinário em um bairro próximo. A clínica era em sua casa. Rezei para encontrá-lo, apesar de já passar das 11 horas da noite.

— Posso atender, mas tem que trazê-lo até aqui.

Peguei a coleira. Estendi a mão. Uno esquivou-se, gemendo. Seria difícil colocar a coleira em um cão cheio de espinhos. Também era impossível dirigir o carro até o veterinário com um cachorro agitado, se contorcendo e gemendo. E se pulasse sobre a direção?

Só havia uma opção: liguei para Tati.

— Preciso de ajuda.

Por mais irritada que ainda estivesse comigo e Uno, ela amava os cães. Não hesitou.

—Vou agora mesmo.

Conseguimos colocar Uno no banco de trás do meu carro. Sentei-me a seu lado. Ela dirigiu enquanto eu tentava acalmá--lo docemente. Mantinha a voz em tom sereno para que não ficasse mais assustado.

— Fique tranquilo, amigão, já vai passar.

Tentei imaginar o que passava por sua cabeça. Certamente ele não entendia aquela saraivada de espinhos. Vivia uma experiência traumática, terrível. Ao mesmo tempo era incrível como confiava em mim. Ao sentir dor, viera me procurar, implorando por ajuda. Mesmo agora no carro, ganindo baixinho, seus olhos gritavam que eu era sua única esperança.

—Ah, meu cachorro, fique tranquilo, já estamos chegando.

Paramos em frente à clínica. O veterinário me ajudou a carregá-lo até o consultório.

— Segurem enquanto amarro as patas.

Coloquei a mão no alto da cabeça dele, o único local livre de espinhos.

— Calma, Uno, calma.

Arrasado, ele gania baixinho. O veterinário aplicou a anestesia.

— Se não dormir, a dor da retirada dos espinhos será insuportável.

Aos poucos sua respiração se tornou mais leve. O veteriná-rio pegou um alicate.

—Vai demorar um pouco. Se quiser esperar lá fora, ler uma revista...

Era impossível. Preferi permanecer por perto. Coloquei a mão sobre a coxa de Uno. Parecia tão frágil sedado! Ao meu lado, Tati observava. De alicate na mão, o veterinário puxou o primeiro espinho. Depois o segundo, o terceiro...

Durante duas horas e meia o veterinário arrancou os espi-nhos e estancou o sangue. Tati permaneceu ao meu lado.

— É melhor ele passar um dia internado em observação.

Concordei. Deixei meu cachorro adormecido, com o co-ração apertado.

Levei Tati para casa. Era madrugada.

— Um café? — convidou.

— Ah, eu... não quero incomodar.

— Não tenho hora para acordar. Esqueceu que estou de-sempregada?

Entrei.

— Só não podemos falar alto porque meu filho está dor-mindo. Tem aula amanhã.

Se era para evitar barulho, foi inútil. Os cãezinhos, presos, fizeram um escarcéu quando entramos. Depois de alguns gritos de silêncio, nos refugiamos na cozinha. Ela ligou a cafeteira elétrica, serviu duas xícaras.

— Obrigado. Nem sei o que teria feito sem você, Tati.

— Não foi por você, foi por seu cachorro.

— Eu sei. Você andou bem irritada comigo.

— Fiquei brava com você, sim, mas... Deixa pra lá. Eu adoro cachorro. Acha que teria cinco se não gostasse?

Sorriu, prosseguindo:

— Você é um bom sujeito. Quem gosta de cachorro tem algo especial. Mas também é um pouco doido, nunca vi ninguém tão apegado a um amigo peludo. Depois de conhecer você, entendi aquelas histórias de pessoas que deixam a herança pra um bicho de estimação.

— Perdi muita coisa na vida, Tati. Sempre fui meio sozinho, mas de uns tempos pra cá estou mais.

Resumi minha história em rápidas palavras. Tive uma mãe ausente. Hoje entendo melhor sua distância: trabalhava fora em uma época em que as mães eram donas de casa. Do ponto de vista de um menino, não era fácil passar o dia sozinho enquanto os outros tinham as mães à disposição para fazer bolos, brigadeiros, refrescos. Quando eu já era quase adolescente, nasceu meu irmão. Perdi o posto de caçula. O afeto de minha mãe concentrou-se no bebê, que passou a merecer toda sua atenção. Quando terminou a licença-maternidade, deixava meu irmãozinho na creche de manhã para pegá-lo no fim da tarde e passar a noite lhe dando carinhos. Tudo na casa girava em torno do bebê. Até meu avô me dizia, em tom de brincadeira:

— Perdeu o trono!

Saí da casa dos meus pais logo no início da vida adulta. Queria morar sozinho, mas no fundo sentia uma falta imensa da vida familiar. Nunca fomos muito bons com datas lá em casa.

Lembro-me que quando eu vivia nos Estados Unidos, onde fui tentar a vida, mamãe enviou uma carta dizendo ter sentido saudade no meu aniversário, e que até pensou em fazer um bolo. Mas no primeiro aniversário depois que voltei, ela se esqueceu do dia! Não fez bolo nenhum, para minha triste surpresa. Esse é só um exemplo das inúmeras pequenas decepções da minha vida familiar.

Minha grande experiência amorosa terminara de forma trágica. Eu não sabia como reestruturar a vida afetiva. Começar de novo, enfim. Ao mesmo tempo, a solidão era dolorosa.

— Tenho mãe, irmãos, mas só nos vemos raramente, em datas marcadas. Não é como a maioria das famílias, que se frequenta o tempo todo. Foi assim que ficamos só eu com meu cachorro — concluí.

Amanhecia. Tati estendeu a mão sobre a minha. Eu a olhei. Foi a primeira vez que nos beijamos de verdade.

Mais tarde eu soube que seu namoro com o homem grisalho durara só algumas semanas. Ela resolveu investir em nossa relação.

Já que não podia lutar com meu *husky*, Tati uniu-se a ele. Passava boa parte do tempo comigo, pois sua casa era território compartilhado com o filho. Às vezes trazia os cãezinhos. Refeito do trauma do ouriço, Uno rosnava para os machos. Tati impedia confrontos.

Sobre o namorado grisalho, só falamos uma vez.

— Você estava em desespero de causa — comentei.

— Ele não é tão ruim assim. Mas tentou me dar o golpe nas joias.

— Ahn?

Simplificando: Tati ainda tinha algumas joias que ganhara do segundo marido, o rico. Já tentara vendê-las, no entanto pagavam pouquíssimo. Joias são assim: caras para comprar, mas não valem quase nada na hora de se desfazer delas. Desistiu.

— Ele estava desempregado e me pediu as joias para pagar uma dívida. Brigou porque eu recusei.

— O quê? Você está na pior e ainda arruma um endividado?

— É... Quanto mais eu rezo, mais assombração aparece!

Sua situação era difícil: não encontrava emprego de jeito nenhum. Eu me acostumara com os relatórios cotidianos.

"Fui entrevistada por uma coreana. Fiquei 45 minutos falando sobre minha experiência profissional e só depois ela disse: não entendo bem português!"

"Era uma fábrica de móveis de alto padrão, mas soube que o dono é trambiqueiro."

"Tenho exatamente o perfil que eles que eles querem, mas é pra morar em Manaus. Não posso por causa do meu filho."

Pegou roupas para vender:

— Assim eu consigo alguma renda.

Visitava as amigas, com a mala na mão. Perguntei sobre as velas.

— Deu errado. Só vendi mesmo para os amigos. Depois que estavam abastecidos, fiquei sem freguesia.

Sua ansiedade era visível. Minha vida melhorava, mas não o suficiente para resolver a de nós dois.

— Penso em vender a casa, comprar uma mais barata.

— E depois, vai fazer o quê, Tati?

— Quem sabe com a diferença monto um negócio?

Suspirou:

— O mundo avança, mas continua sendo difícil ser mulher. Profissionalmente, eu digo. Com experiência igual à minha, um homem já teria encontrado emprego.

— Talvez não. Outro dia peguei um táxi e o motorista era um ex-executivo.

— É... Pode ser.

— O problema é que um profissional tornou-se produto descartável no país. Depois de certa idade fica difícil arrumar emprego.

Pensava em mim. Boa parte dos jornalistas de minha geração já estava fora do mercado. Arrumavam empregos mixurucas para sobreviver.

— Também sinto medo — comentei. — Se eu perder esse emprego, não sei o que vai rolar.

— Você escreve crônicas, fez peças de teatro...

Abracei-a. Sabia que dificilmente Tati encontraria emprego, no entanto não queria magoá-la com uma opinião negativa. É horrível tirar a esperança de uma pessoa.

— Vai dar tudo certo, Tati.

Durante alguns meses batalhou com as roupas. Ia a confecções. Levava malas às amigas. Lembrava, melancólica:

— Quando eu era diretora de empresa entrava numa loja e escolhia um vestido de cada cor!

Assim, começamos a participar da vida um do outro. Eu fingia não perceber sua insistência por um compromisso mais sério. Não me sentia pronto.

Quando fez aniversário, ofereceu-me a primeira fatia do bolo. As amigas aplaudiram.

—Vai sair casamento! — comentou Cristiana.

Sorrimos. Seu filho me encarou:

— Se ele entrar por uma porta, eu saio pela outra.

Levei um susto. Houve um silêncio constrangedor. Mais tarde conversamos:

— O Guel não gosta de mim?

—Tem ciúme. Ainda é muito ligado ao pai.

Eu não me sentia pronto para assumir um novo compromisso. Tati vivia uma situação de urgência. Sua vida precisava de definições. Alguns dias depois entrou na conversa de maneira delicada:

— Eu acho que duas pessoas maduras podem viver juntas por carinho, amizade. Não precisa ser uma grande paixão.

— Concordo — respondi —, mas é preciso chegar a hora certa.

— Meu despertador já tocou há muito tempo.

Mudei de assunto. Tati estava cada vez mais decidida a definir a vida. Fosse com emprego ou casamento. Voltou ao tema inúmeras vezes. Eu enrolava. Exatamente: enrolava. Tinha começado um namoro, mas sem grandes expectativas para o futuro. Tudo andava depressa demais. Nossas conversas se tornaram mais ríspidas.

— Não posso ser tratada como uma adolescente.

—Você está ansiosa. Vamos ver o que acontece.

— Eu já sei o que acontece: você fica no seu mundinho e não tem espaço pra mim.

— A gente se vê quase todo dia, passa o fim de semana junto.

— Eu quero dividir a vida.

Quando sozinho, eu me questionava, em longas conversas com meu melhor amigo:

— Eu não quero dividir a vida, Uno. A Tati é legal, é ótima, mas ainda falta alguma coisa. Só que ela me pressiona. Está ficando difícil.

Ele me encarava seriamente, ouvindo cada palavra.

—Vida de cachorro é a minha! — lamentei-me.

Dias depois, Tati me telefonou, animada.

— Arrumei emprego.

Respirei aliviado. Talvez assim não ficasse tão ansiosa. Puro engano.

Cheguei a sua casa com um ramo de flores.

—Vamos jantar fora para comemorar — propôs.

Notei seu sorriso esquisito, como se tivesse alguma coisa para dizer. Sou jornalista, percebo quando alguém está escondendo uma informação. Como diria Uno, são ossos do ofício.

— É bom o cargo? — eu perguntei.

— No restaurante conto tudo!

Pegou o casaco. Seu filho sorria feliz. Era um clima estranho. Alguma coisa estava para ser dita. Mas o quê?

Sentamos. Veio o *couvert*. O cardápio.

— Você não vai me falar sobre o emprego?

— Ah, sim, vou ser diretora administrativa de uma empresa. Não é bem minha área, mas tudo bem. O salário é bom.

— Puxa, pegou a vaga apesar de não ter currículo?

— É no interior do estado.

Primeiro golpe. Encarei.

— Mas você não queria mudar daqui por causa do Guel.

— São só algumas horas de viagem. Dá pra gente se ver sempre. Todos os fins de semana ou ele vai ou eu venho. Já falei com minha irmã, ele fica na casa dela.

"Vai ser chato a gente ficar longe", pensei. Mas sorri, otimista:

— Assim que você montar sua casa, também posso ir até lá. Se estiver escrevendo um livro, levo meu notebook...

Notei sua expressão. Parecia que um sapo estava prestes a saltar da boca.

— Pois é. Eu ainda não disse, mas a fábrica é do meu ex--marido. Do segundo, o rico.

— Ahn?

— Eu estava no mato sem cachorro, já não sabia mais o que fazer. Estou vivendo no limite do cheque especial todo mês. Pendurada no cartão de crédito. Minha irmã tem dado uma ajuda mensal, mas me sinto péssima por precisar disso.

— E as roupas, não estão indo bem?

— Tenho que vender em duas, três, quatro vezes, senão ninguém compra. Às vezes o cheque volta. No último mês pendurei até o veterinário.

— Por que você não me contou tudo isso?

Ela ficou em silêncio. Entendi. Tati não havia me contado porque eu não me tornara um companheiro de verdade. Era apenas um namorado.

— Você é ótimo, a gente ficou um bom tempo junto, mas eu tenho que tocar minha vida. Vou mudar de cidade.

— Vai voltar com seu ex?

— A gente nunca falou sobre isso. É só um emprego. Mas eu acho que ele talvez pense nisso. Ah, sei lá... Só que fica meio chato você aparecer.

— Então você vai, e eu fico. É isso?

A comida secou na minha boca.

— Acho que sim.

O garçom se aproximou:

— Aceitam sobremesa?

— O café e a conta, por favor — pedi.

Ajudei-a a embalar os móveis. A organizar a mudança. A botar os cinco cachorrinhos revoltadíssimos em caixas de papelão, no banco traseiro do carro. Minhas mãos, repletas de arranhões e mordidinhas. Na despedida, Tati me deu um beijinho rápido na boca. Gesto de amiga.

— A gente se vê.

— Claro, a gente se vê.

Voltei para casa com um sentimento de vazio. Uno veio correndo ao portão, de rabo erguido para dar as boas-vindas. Sentei-me na escada que levava à varanda. Ele se aproximou. Puxei-o para meu colo. Fiz carinho algum tempo.

— Somos só nós dois outra vez, Uno.

Ficamos em silêncio.

Dois passarinhos voaram na direção da varanda e pousaram em um vaso de samambaia. Estranhei. Fui olhar.

Haviam construído um ninho dentro do vaso! Dois filhotinhos de boca aberta esperavam a comida dos pais. Foi uma das cenas mais incríveis que já vi. Corri fotografar.

— Viu só, Uno? Que lindos!

Notei um olhar de gula. Refleti: um dia os passarinhos iriam aprender a voar. Algum poderia cair no chão.

— Eu não estou gostando do seu jeito, safado!

Meu cachorro comia tudo. Absolutamente tudo o que visse pela frente. Ração. Patos. Não tentara devorar um ouriço? O futuro dos passarinhos era incerto! Passei as semanas seguintes fiscalizando o crescimento dos filhotes. Eu me sentiria muito mal se algum deles fosse devorado por meu *husky*.

Algumas semanas depois, vi os filhotinhos voando para longe do ninho. E me senti mais feliz. Sorri para ele.

— A vida é assim, Uno. Eu vou sentir falta da Tati. Mas tudo ainda vai dar certo!

8.

ACORDEI DE MADRUGADA

sentindo uma dor pavorosa que irradiava violentamente a partir do estômago. Levantei-me com dificuldade. Deitado ao lado da cama, Uno ergueu a cabeça um pouco sonolento.

— Está doendo, Uno. Muito.

Molhei uma toalha com água quente, coloquei na região. Inútil. Tive certeza.

— Só pode ser sério.

Apalpei meu estômago. Pressionei com os dedos. Durinho. Mais um motivo para preocupação. Não sou médico, porém, ao longo da carreira, um jornalista reúne todo tipo de informação. Em inflamações agudas, o abdome endurece. Respirando fundo, vesti-me lentamente. Peguei os documentos e a carteirinha do plano de assistência médica que agora eu possuía, fornecido pela empresa. Lembrei que tinha direito a um hospital no bairro do Morumbi. Mas eu morava em um condomínio afastado, nas fronteiras da cidade. Seria preciso pegar a estrada. Arrastei-me até a cozinha. Ao enfiar a chave na fechadura, tive noção da minha loucura.

— Como vou dirigir pela estrada com tanta dor, a perna repuxando?

Uno e eu nos entreolhamos.

— Preciso de ajuda humana.

Liguei para a portaria do condomínio. Expliquei a situação.

— Preciso ir a um pronto-socorro.

O guarda da noite pediu para eu esperar um minuto.

O síndico ligou em seguida.

—Vou para aí. Em que hospital é o seu convênio?

Respondi. Fez mais um pedido, que se mostrou providencial.

— Deixe o portão e a porta abertos.

Não entendi o motivo, mas obedeci. Tranquei Uno na sala e abri a porta da cozinha, perto da garagem. Ele uivava. Com o controle remoto, ergui o portão (era um dos pequenos confortos instalados depois do episódio do leão). Sentei-me. A dor quase me enlouquecia. De repente, tudo escureceu.

Acordei em uma maca de hospital, sendo levado por um corredor. O síndico acompanhava um médico, ambos ao meu lado.

— Que aconteceu, doutor?

—Você tem algum parente que possamos acionar?

Dei o telefone de minha prima, que morava na cidade.

— O que é?

— Apendicite.

Fui levado às pressas para o centro cirúrgico. O anestesista aplicou uma injeção:

— Fique tranquilo. Vai adormecer, mas está tudo bem.

Antes de perder a consciência novamente, lembrei-me de que às vezes tinha pontadas do lado direito da barriga e não me importava muito. "Não deve ser sério", pensava. Agora se transformara em caso de urgência. Apêndice supurado pode provocar infecção generalizada. Morte. Respirei fundo. E mergulhei na inconsciência.

Acordei em um centro pós-operatório com duas enfermeiras tentando me animar, alegremente.

— Tudo bem? Como está se sentindo?

Minha vontade era dormir. Não deixavam. Puxavam conversa, exigiam respostas.

— Agora você precisa ficar acordado. Depois poderá dormir.

Em seguida, fui instalado em um apartamento do hospital. Sentia dor e desconforto. Meu convênio, fornecido pela empresa, dava direito a acompanhante. Minha prima já estava a postos

— Você trouxe alguma coisa?

Eu vestia apenas um avental hospitalar.

— Tudo aconteceu de repente — respondi, já fechando os olhos.

Na manhã seguinte, ela havia trazido pijamas, escova de dentes, perfume.

— Fui até sua casa. Está tudo bem.

— E o Uno?

— A empregada está cuidando dele. Não se preocupe. Agora tem que se recuperar. Você teve sorte.

Segundo me contou, o apêndice estava prestes a se romper. Se não fosse a ajuda do síndico, nem sei. Fora esperto ao me pedir para deixar a casa aberta. Ao me visitar, explicou:

— Sei que você mora sozinho. Se desmaiasse, com a casa trancada, como acudir?

A frase ficou martelando na minha cabeça. Eu vivia em um condomínio de terrenos grandes. Qualquer problema pequeno podia se tornar gigantesco. Que fazer?

Fiquei internado durante alguns dias. Minha prima foi me buscar. Desci do carro com cuidado. Ainda tinha curativos, sentia dificuldade em andar. Sentei-me no sofá. Uno me observou ressabiado, com os pelos eriçados. Olhar estranho. Aproximou-se. Pulou no sofá. Subiu nas minhas pernas e enrolou-se inteiro no meu colo, querendo ficar bem pertinho. Solidário. Afetuoso. Como se soubesse de tudo que eu passara.

— Uno, Uno, está tudo bem, amigão!

Minha recuperação foi rápida. Dez dias depois, voltei a trabalhar. Já não me sentia seguro em morar sozinho com meu cachorro e não mais uma empregada somente durante o dia. Minha prima me aconselhou:

— Tem que cair em si. Imagine todas as coisas que podem acontecer!

Um colega de trabalho insistiu:

— E se você cair e quebrar uma perna? Se não conseguir chegar até o telefone? Quem vai ajudar?

Tinham razão. Mas eu gostava da casa, do terreno grande, a reserva florestal logo atrás. Nela havia superado a pior fase da minha vida. Já estava lá havia anos. Agora, não sentia vontade de sair. Adiei qualquer decisão.

Mas um fato desagradável me fez agir. Nos fins de semana, normalmente eu ficava em casa. No sábado, às vezes recebia amigos e colegas de trabalho ou ia a churrascos na vizinhança. No domingo descansava, já me preparando para o batente da semana. Mas certo domingo quebrei essa rotina. Resolvi assistir a um espetáculo de grupo de teatro tcheco: o Teatro Negro de Praga. Comprei dois ingressos com antecedência, imaginando quem levar. Como sempre acontece nessas ocasiões, todas as perspectivas de um encontro romântico deram errado. Mesmo porque, nesse sentido, minha agenda andava péssima. Acabei chamando um jornalista que trabalhava comigo, recém-separado. O espetáculo começava no fim da tarde. Fomos almoçar e ficamos conversando sobre as dificuldades de um processo de divórcio até pouco antes do horário do espetáculo. Mal entrei no teatro, o pessoal da segurança do condomínio me ligou:

— Sua casa foi assaltada.

Adeus, teatro! Disparei até lá. O pessoal da portaria estava surpreso. Ninguém sabia como o roubo ocorrera. Examinamos a casa: a porta dos fundos, arrombada.

—Vi que tinha alguma coisa errada porque o portão estava aberto — explicou o segurança.

Provavelmente, para sair os ladrões usaram o controle que ficava na cozinha. O síndico fez uma suposição:

— Talvez tenha sido um drogado...

Reparei que no chão estava jogado um galho de árvore grande. E Uno? Identifiquei-o atrás de uma moita, visivelmente assustado. Peguei o galho.

— Devem ter usado isso aqui para afastar meu cachorro. Embora ele não seja bravo.

— Pode ser — concordou o síndico. — É um cachorro grande, tem porte. Mete medo.

Levaram pouca coisa: roupas, o computador e, incrivelmente, algumas taças. Vasculharam o armário à procura de dinheiro e atiraram minha papelada no chão. A casa estava um caos.

— Também pode ter sido algum ladrão comum, que já estava de olho e entrou pelos fundos — concluiu ele.

Como saber?

— Se ao menos você falasse, Uno! — comentei.

Depois de examinar tudo comigo, o síndico concluiu:

— É alguém que conhece a casa, sem dúvida. Veja como não quebrou quase nada. Foi diretamente ao lugar em que pensava haver dinheiro.

Assustado, tomei consciência de um problema maior. Era óbvio: o assalto fora planejado por alguém que conhecia minha rotina. Pretendiam me encontrar em casa. "Ainda bem que resolvi ir ao teatro, senão me pegavam aqui."

Fiz um boletim de ocorrência. Mas não tinha esperança de que a polícia descobrisse os culpados tão facilmente. Mais tarde, sozinho, refleti: "E se eu estivesse em casa?".

Assaltantes cometem enganos. Fazem suposições. Muitas vezes pensam que alguém tem mais dinheiro do que realmente possui. Era o meu caso. Tinha um bom emprego em uma editora. A casa. Graças a meu trabalho, conquistara alguma visibilidade pública. Algumas das minhas peças tinham sido encenadas. Publiquei um livro. Todas essas atividades são glamourosas. Mas um executivo do mercado financeiro ganha infinitamente mais do que um jornalista. Não há comparação. No entanto, para quem está de fora parece o contrário. O jornalista sai muito, vai a festas badaladas, assina seu nome nas revistas. O autor de teatro tem seu nome nos cartazes, nos programas de teatro, nas capas dos livros. O especialista em finanças é um desconhecido. A conta bancária de cada um é completamente diferente, mas como os ladrões saberiam disso? Senti medo pela primeira vez desde o episódio do leão.

Durante semanas, verificava todas as trancas antes de me deitar. Comprei cadeado para as janelas. Reclamava:

— Uno, você poderia ao menos guardar a casa para pagar a ração que come.

Que desastre como cão de guarda!

Passei a ter medo de voltar para casa. Acordava com qualquer ruído, assustado.

Assim, foram dois medos que me fizeram tomar a decisão:

— Está na hora de mudar.

Gastava pouco, guardava boa parte do meu salário. Meus programas de lazer eram simples: cinema, teatro, pizza, churrasco na casa de conhecidos. Meu único dependente, Uno, contentava-se com dois potes diários de ração e idas esporádicas ao veterinário. Vestia-me com simplicidade, sempre com camisa e *jeans*. Tênis, a maior parte do tempo. Possuía agora uma boa poupança, suficiente para dar entrada em um novo imóvel. Seria ideal vender a casa, mas gostava tanto dela!

— Quem sabe, quando eu ficar velho, volto a morar aqui. Até lá, alugo.

Fui ao banco e me candidatei a um financiamento. Durante alguns fins de semana, saí com corretores em busca de um novo endereço.

—Vá para um apartamento, que é mais tranquilo! — aconselhou minha mãe ao telefone.

— Preciso de um lugar para o cachorro! — insisti.

Procuramos no bairro mais próximo da editora. Encontrei um sobrado geminado de um só lado, em uma vila com um portão colocado pelos próprios moradores e uma guarita com um segurança. Como eram poucos moradores, os seguranças conheciam cada um pessoalmente, o que facilitava ainda mais a fiscalização. Três quartos, sala e um pequeno quintal.

—Vai ter que se acostumar com um lugar menor, Uno.

Quando o caminhão de mudança partiu, lamentei deixar minha casa, mas não mudei de ideia. Hospedei meu cachorro em um hotel canino até ajeitar as coisas. Dois dias depois, embora a nova casa continuasse na mais perfeita bagunça, fui buscá-lo.

Soltei-o na sala.

— Este é o nosso novo lar, Uno. Sei que é bem menor que o outro. Prometo passear com você sempre que der.

Ele farejou os móveis, percorreu rapidamente a sala. Em seguida, ergueu a perna e urinou no sofá, na poltrona e no pé da mesinha de jantar.

— Uno, Uno, o que você está fazendo? — ralhou minha mãe, que estava comigo por alguns dias para me ajudar.

— Demarcando território — respondi. — É pra dizer que isso aqui é dele.

— Mas não é dele, é seu! — argumentou mamãe.

— Tente explicar pra ele.

— Oh, esses cachorros modernos! Você tem que ter mais autoridade!

* * *

Uma nova fase da vida começou. Todos os dias eu passeava com ele assim que chegava. Botava a coleira em Uno. Depois saía pelas ruas do bairro. É fascinante andar com um cão. Ele parava o tempo todo, atraído pelos cheiros, barulhos. Puxava a coleira e eu o levava até uma pracinha, onde farejava o mato, e me levava por caminhos seus, fazendo curvas, com idas e vindas, talvez refazendo os passos de algum outro animal. Urinava em vários locais para demarcar território. Erguia as orelhas à aproximação de outros cães ou diante de ruídos diferentes.

O encontro com seus iguais era sempre problemático. Por sorte, as pessoas costumam passear com os cães na coleira. Ao avistar outro macho, Uno erguia as orelhas, eriçava os pelos. Rosnava. O outro fazia o mesmo. Nós, os humanos, puxávamos as guias.

— Pare, venha cá!

— Quieto, quieto!

Só conseguíamos afastá-los a custo.

Minha vida pessoal melhorou. Eu estava mais perto de tudo. Podia sair do trabalho, passar em casa, tomar um banho e ir ao cinema, teatro, fosse o que fosse. Fiz novas amizades. Assim que mamãe voltou para sua casa, também passei a ter garrafas de vinho abertas nos sábados à noite, para os amigos que vinham visitar. E também alguns encontros mais íntimos, confesso, na esperança de voltar a namorar.

— Um brinde.

— A quê? A nós?

— Ao futuro, que a Deus pertence.

Tim-tim!

Nessas ocasiões de repente ouvia um uivo. A candidata a meu coração estranhava:

— Que foi?

— Meu cachorro. Está lá fora. É acostumado a dormir dentro de casa. Mas hoje é exceção... Você vai ficar, não é?

Vinha um novo uivo! Dava uma desculpa e ia falar com o estraga-prazeres.

— Queira ou não, Uno, eu tenho certos direitos!

Silêncio. Recebia de volta um olhar de crítica.

— Pode ser que você não concorde, mas tenho. Nós, humanos, somos diferentes de vocês, cães. Com vocês é vapt-vupt. Como você e aquela sua namorada de pelos dourados. Bastou um encontro e já se acertaram. Nós, humanos, não. Temos que tomar um vinho, deixar a sala na penumbra. Eu sei que parece besteira. Cada espécie tem seu ritual. Para você, basta botar o focinho no traseiro. Mas se eu botar meu focinho no traseiro de alguém, levo uns tapas. No mínimo. Também não será muito agradável; nós, humanos, não temos o hábito de cheirar traseiros. Veja também a questão das lambidas. Para você é simples, Uno, basta esticar a língua e lamber. Eu não posso, mesmo que deseje ardentemente, lamber alguém. Tenho que bater papo, criar intimidade. Falar de novelas, cinema, livros, culinária. Elogiar. Marcar um encontro. Sair para jantar ou no mínimo tomar um drinque. Convencer a vir para casa com alguma desculpa esfarrapada na qual ela não acredita — e na qual ambos sabemos que ela não acredita. Todo um ritual, Uno. Um ritual. Portanto, pare de uivar e compreenda minha situação. Vida de cachorro é fácil. A dos humanos é uma complicação!

Entrava. Às vezes ele silenciava. Outras, uivava ainda mais.

Com o tempo, aprendi a disfarçar.

— Que cachorro é esse que está uivando?

— É do vizinho. Um *husky* — eu fingia.

— Tem gente que não sabe cuidar de animal — a moça comentava.

— Nem fale, é um desastre!

A vida melhorou. Às vezes eu me pegava sorrindo sem motivo. "Fiz bem em mudar de casa", concluía.

Para compensar, sempre que podia passava no açougue e trazia um osso.

— Agora não tem mais pato pra você caçar. Mas olhe só!

Ele saltava para pegar. Depois, refugiava-se em um canto. Enquanto o osso durasse, não me dava atenção. Muitas noites, porém, permanecíamos na velha rotina. Eu via televisão, ele se deitava no sofá. Adormecia. É muito interessante ver um cachorro dormir. Uno se mexia, dava pequenos ganidos. Tenho certeza de que sonhava. Talvez se lembrasse da caçada aos patos. Ou tivesse um pesadelo com o ouriço. Quem sabe? Como será o sonho de um cachorro? Mas, tenho certeza, eu estava presente em todos eles, porque se mantinha aconchegado comigo. E se eu me levantava, bastava dar um único passo para meu *husky* despertar, me seguir com os olhos. Às vezes sem sair do quentinho, pois adorava o conforto, mas atento aos meus gestos. Quando eu sentava de novo e punha a mão em seus pelos, fechava os olhos, adormecia e voltava a sonhar.

Nessa época, aconteceu o inesperado. Meu cachorro arrumou um emprego! E passou a pagar pela ração que comia.

9.

MINHA CARREIRA COMO

escritor se consolidava. Publiquei livros infantojuvenis e tive mais peças de teatro encenadas. Ensaiei meus primeiros passos na televisão. Tomei uma grande decisão: larguei o emprego, apesar de meu cargo de direção. Queria mais tempo para escrever. Pode parecer surpreendente, mas um artista precisa de preguiça. Dificilmente consigo criar depois de um dia repleto de atividades. Preciso parar, dar um tempo lendo ou na internet, ficar pensando na vida. É como se eu "limpasse" a cabeça para surgirem novas ideias. Trabalhei anos como jornalista e escrevia nas horas vagas. No entanto, à medida que meus livros foram publicados, e que novas oportunidades surgiram, percebi que precisava investir em ter mais tempo. Um dia, de madrugada, durante o trabalho na revista semanal que eu dirigia, disse para mim mesmo:

— O que estou fazendo aqui? Se eu dedicar todo esse esforço no meu sonho. Só assim vou chegar aonde realmente desejo!

Pedi demissão no dia seguinte. Cumpri o aviso prévio e um mês depois estava livre. Tinha uma pequena poupança, suficiente para viver por algum tempo. Minhas despesas básicas eram pequenas. Em jornalismo, ao contrário de outras profissões, é possível sobreviver de trabalhos eventuais — o *freelance*. Uma reportagem aqui, outra ali. Meus direitos autorais já rendiam alguma coisa. As crônicas que eu assinava para a grande revista me ajudavam bastante. Um amigo telefonou:

— Estou lançando uma revista dedicada a cães. Topa escrever uma crônica mensal?

— E se meu cachorro escrever? — propus.

O editor adorou a ideia. Combinamos o valor do pagamento. Corri para fora.

— Uno, você virou escritor!

Na semana seguinte um fotógrafo, Laílson, apareceu na minha casa para fazer a foto — colunas costumam ter a imagem de quem assina. Foi uma loucura. Meu cachorro sempre mostrou uma extraordinária percepção para fugir de situações complicadas. Assim, quando chamei "Venha, Uno, venha!", ele disparou na outra direção.

Foi uma correria para capturá-lo. Todos o perseguimos: eu, o fotógrafo, o segurança da guarita e a faxineira que contratara depois da mudança, pois o novo endereço era distante para a empregada anterior. Corríamos para um lado, ele para o outro. Todos se assustavam quando rosnava. Eu, não. Sabia que só queria dizer:

— Vejam como sou feroz, eu sou bravo, bravo!

Morder, não mordia. Agarrei-o e o ergui no colo. Ele se contorceu, eu o segurei.

— Pare, Uno, pare!

E o levei até meu computador. Queria uma foto de Uno digitando.

A informática não estava em seus planos. Rebelou-se. Quis fugir. Eu segurava suas pernas. O segurança tentava brincar. O fotógrafo clicava sem parar enquanto ele saltava sobre o teclado. Botei óculos sobre seu focinho, mas eles voaram para longe várias vezes. Eu gritava. Uno rosnava, resmungava, uivava.

No final, conseguimos várias fotos, uma melhor que a outra!

Faltava o texto. À noite, encarei Uno e perguntei:

— Como você pensa? Quantas histórias tem aí nos miolos?

De repente, eu me senti dentro da cabeça dele, vendo o mundo com seu olhar. Para começo de conversa, quem era dono de quem?

— Eu é que sou seu dono, é claro! Você é meu humano! — parecia dizer Uno, seguro de si.

Juro, eu sabia tudo que ele pensava. É incrível como os cães têm a capacidade de adivinhar o que estamos pensando. Na hora, descobri que também sou capaz de compartilhar os pensamentos de um cachorro.

Uno escreveu algumas crônicas para a revista canina.

Se no decorrer de algumas delas as informações forem repetitivas em relação ao que já escrevi, me perdoem. Este é o texto original de Uno, meu cão escritor!

Pãozinho e caviar[1]

Permita que eu me apresente: meu nome é Uno. De único. Nasci no Canil Karras, fui o único de minha ninhada. O casal de humanos havia gasto um dinheirão para comprar meus pais, huskies siberianos de gloriosa linhagem. Esperavam lucrar com o nascimento de uns cinco ou seis cãezinhos. É o normal — só os humanos costumam ter somente um filhote por ninhada. Coitados! Nenhuma fêmea humana pode imaginar a alegria de amamentar meia dúzia ao mesmo tempo! Quando viram que eu era um só, quase morderam minha mãe. Tentaram me vender durante meses. Encalhei. Acabei sendo entregue a um barrigudo metido a escritor.

Dura é a vida de um cachorro. Humanos são bichos muito complicados. Acreditam que são nossos donos! Donos somos nós, cachorros! Eu me dou bem com o homem que me pertence. E preciso saber despertar a generosidade de um humano. Meu truque é fazer um profundo olhar de sofrimento. Funciona até para ganhar pãezinhos, que adoro. Aprendi com minha mãe, ainda filhote.

— Quando um humano rosnar furioso, não responda — aconselhou. — Umedeça o focinho e olhe para ele como se você fosse o cachorro mais infeliz deste mundo.

Sempre tinha dado certo. Até a história do caviar. Um dia, meu humano entrou na cozinha com a língua de fora, como se fosse um cachorro das ruas! Pegou um potinho preto da geladeira. Abriu. Senti um delicioso cheiro de peixe!

— Caviar — ele murmurou.

---

1. Publicado na extinta revista *Focinhos*, em outubro de 1999.

Dei apenas um ganido e me mantive de rabo em pé, à espera. O egoísta nem me olhou. Cobriu duas fatias de pão preto com todo o conteúdo do potinho. Nesse instante, tocou o telefone. Foi para a sala atender. Que oportunidade!

Um cachorro sabe ser cauteloso em momentos decisivos. Aproximei-me, pata por pata. Fiquei em pé e cravei os dentes nas duas fatias. Ergui o focinho e saí da cozinha, deixando o prato intacto. Corri para fora. Dali a pouco, ouvi quando ele procurava.

— Onde foi que eu pus?

Abaixei as orelhas, aliviado. O prato estava tão limpo que talvez ele...

— Uno!

Voou para o quintal. Devorei a primeira fatia. Fugi com a outra, enquanto ele me perseguia com a vassoura. Para quê? Pensava que eu ia devolver? Aproximou-se enquanto eu engolia a segunda. Ergui a cabeça e lancei meu olhar de sofrimento husky siberiano n° 1.

— Não finja! Ninguém é infeliz por comer caviar, safado! — rosnou meu humano.

Saltei. A vassoura ainda atingiu uns pelinhos do meu rabo. Fugi para um canto. De longe, gani. Quis ser generoso. Ofereci meu saco de ração.

— Pegue quanto quiser! — uivei.

Ele nem quis saber da ração. Bateu a porta. Fiquei pensando no tal caviar. Para um cachorro da neve como eu, o sabor vai muito bem. Talvez pudessem criar uma ração à base dessas ovinhas pretas. Pãozinho e caviar seriam, de fato, a dieta ideal para um cachorro de classe como eu. Uma coisa aprendi com essa história: quando o assunto é comida, nem o olhar de sofrimento funciona. Os humanos são, de fato, muito gulosos.

O primeiro texto fez muito sucesso. A revista recebeu cartas entusiasmadas. Fiquei tão contente que deixei pra lá a história do caviar, rigorosamente verdadeira. Eu comprara o potinho em um momento de extrema extravagância. Era uma recompensa por minhas escolhas, por meu esforço em me profissionalizar como escritor. E o safado comera todo o caviar disposto generosamente nas duas fatias. Todo! Mas, agora que Uno estava iniciando uma vida profissional, ele merecia um voto de confiança. Quando recebi o primeiro pagamento, comprei tudo em ração, biscoitos sabor carne e uns ossinhos de couro para mascar. Uma espécie de chiclete para cães. Nas mandíbulas de meu *husky* cada um durava no máximo meia hora.

— Finalmente, Uno, você está pagando a ração que come!

Ele saltou e pegou um ossinho. Refugiou-se em um canto enquanto eu ainda o elogiava.

— Tem talento! Pode ter uma carreira, Uno!

Terminou o ossinho e pediu um biscoito, como se dissesse:

— Se estou pagando, tenho direito de ser guloso!

O segundo texto fez mais sucesso ainda:

Cão de guarda[2]

Os humanos sempre querem receber alguma coisa em troca do que oferecem. Não são como eu, um cachorro que ama sem interesse. O barrigudinho resolveu que eu devia guardar a casa. As visitas chegavam, ele avisava:

---

2. Publicado na extinta revista *Focinhos*, em novembro de 1999.

— *Não se aproxime muito. Ele pode morder.*

Fiz o que sei fazer. Ou seja, nada. Ele resolveu me treinar. Agarrava uma varinha, agitava, ficava pulando na minha frente e gritava:

— *Pega, Uno! Pega!*

Certamente ele não precisava de um cão para espantar invasores. Bastava ficar pulando com a varinha. Ninguém teria coragem de entrar na casa de um doido. Às vezes eu uivava para contentá-lo. Ele reclamava:

— *Você não sabe latir?*

Que ignorância! Um husky *siberiano não late. Apenas emite uivos, em vários tons. Uivos de lua cheia, uivos de carinho e uivos de fome, o que é mais comum. Foi o que meu humano, o barrigudinho, acabou descobrindo:*

— *Você é uma decepção. Pensei que seria de alguma utilidade.*

Interesseiro! Começou a contar para todo mundo que queria um cão de guarda. É uma estratégia dos humanos. Ficam falando que querem alguma coisa até que alguém se decide e dá de presente. Os humanos inventaram o dinheiro, mas passam o tempo todo tentando não gastar um centavo. Se não era para usar, para que inventar? O barrigudinho acabou ganhando uma [cadela] policial capa preta, de ar feroz. Chama-se Violante e tem sido uma agradável companheira. Pobre Violante! Apesar dos dentões, é gentil como se fosse uma husky! *Adora lamber as patas de todos os humanos que vêm em casa! O barrigudinho ficou furioso. Certo dia, avisou:*

— *Você tem que latir e defender a casa. Pague a ração que come!*

Minha amiga foi enviada para uma escola de cães. Passou meses aprendendo a rolar, a fingir de morta — não sei por que os humanos adoram ver cachorros se fingindo de mortos! E, claro, a latir diante de estranhos. Voltou feliz. Apesar de suas loucuras, nós dois queremos agradar o barrigudinho. Um cachorro deve tratar bem o humano que lhe pertence!

Passou a latir o dia todo, ao menor sinal de um humano. O barrigudinho saía no quintal, satisfeito. Elogiava. A tonta abanava o rabo. Eu refletia:

— Vai dar rolo!

Inevitável. A vizinha é uma velha brava. Ontem bateu na porta do meu humano, aos gritos:

— Essa cachorra está me enlouquecendo! Cada vez que saio no quintal, ela late! Vou ficar louca, louca!

O barrigudinho e a velha uivaram mais que dois huskies, *latiram mais que dois* rottweillers. *Ele pôs Violante de castigo. Sim, ela! Foi mandada à escola para aprender a latir. Agora, está proibida. Ela late, ele grita:*

— Fica quieta!

A tonta não entende bem a linguagem dos humanos. E late mais forte. O barrigudinho bota a coitada de castigo no fundo do quintal. Agora há pouco, Violante ganiu, angustiada. Filosofei:

— Latir ou não latir, eis a questão!

Ela está tentando entender o que houve. Ainda acredita que os humanos são animais inteligentes, que se comportam com lógica. Quanta ingenuidade!

O que Uno contou é verdade. Mas, além da experiência pessoal, usou também a imaginação. Violante foi minha fêmea de pastor-alemão capa preta. Durante algum tempo tive esperanças de vê-la guardando a casa. Apesar de pertencer à linhagem de bravos cães, tinha o olhar cheio de mel. Assustava-se com qualquer grito. Botava o rabo entre as pernas com a maior facilidade. Passou três meses numa escolinha de um policial militar para aprender as diversas habilidades de um cachorro segurança. Quando chegou, só sabia fazer uma coisa. Eu gritava:

— Morta, Violante, morta!

Ela se deitava com as patinhas para o ar, fingindo. Uma graça.

Uma amiga comentou:

— Quando o ladrão chegar, ela vai se fingir de morta!

— Oh, céus!

Mas Violante já morrera devido a uma doença grave. Uno conhecia suas histórias muito bem, mas não foi gentil em usar a mim e a Violante como personagens. Era realmente um escritor: misturava fatos, realidade e ficção, mudava datas, personagens. Mantive o texto como saiu. Um autor tem direito à liberdade de expressão, mesmo que seja um cachorro fofoqueiro.

De patas para o ar[3]

O barrigudinho anda muito triste. Brigou com uma fêmea humana que andava vindo aqui em casa. Uma fêmea muito brava, pois às vezes latia e uivava contra o barrigudinho. Acho que deve ter sido treinada para guardar alguma casa. Certa noite, rosnou mais do que das outras vezes e partiu. O barrigudinho se lamenta desde então. Às vezes

---

3. Publicado na extinta revista *Focinhos*, em dezembro de 1999.

senta aqui fora e passa a mão no meu pelo. Deito de barriga para cima.
É delicioso sentir as patas de um humano acariciando minha barriga.
Ou coçando meu pelo. Meu humano me acaricia e diz:

— *Só você gosta de mim, Uno.*

Coitado! Hoje peguei a coleira, uivei e abanei o rabo, convidando
o barrigudinho para passear. Ele entendeu. Deixei que pegasse a ponta
da corrente, porque estava muito deprimido. Saímos. O barrigudinho
pensa que está escolhendo um caminho. Mas eu o puxo para onde que-
ro e ele me segue. Fui para uma praça onde, várias vezes, tinha visto
uma humana solitária, comendo um sanduíche na hora do almoço. Ela
estava lá.

Bem ajeitada, essa humana. Magra, alta. Pelos pretos na cabeça.
A boca muito vermelha. Os dentes não eram tão fortes como os de uma
boa cachorra, mas os humanos não fazem questão de bons caninos.
Deitei aos pés dela. Ela sorriu.

— *Que bonito! Não morde?*

Pergunta tonta. Se eu mordesse, já teria arrancado seus dedos.

— *Não. É muito manso.*

Estiquei as patas. Ela acariciou meu pelo. Sou lindo mesmo. Reco-
nheço. Huskies são maravilhosos, os outros cães que me perdoem. Dali
a pouco ela e o barrigudinho estavam conversando. Falavam de livros,
de filmes e de mim. Eu fiquei lá, estirado. Quem sabe aquela fêmea po-
deria morar lá em casa e dar alegria ao barrigudinho? O tempo passou.
Eu percebi que o barrigudinho queria entrar no assunto, mas não sabia
como. Uivei gentilmente. Ele respirou fundo e tomou coragem. Apro-
ximou-se e tentou encostar o focinho nela. Também aproximou a boca.
Os humanos têm a mania de encostarem a boca, embora não costumem
se lamber em público. Quando sentiu a boca do barrigudinho perto

da dela, a fêmea soltou um uivo. Levantou-se imediatamente. Uma dobermann *seria mais gentil. Rosnou e saiu correndo. O barrigudinho ficou arrasado. Estaria com o rabo entre as pernas, se tivesse um. Mas não tem, coitado. Voltamos para casa em silêncio. O pior é que eu sei que ela bem que gostaria de deitar de patas pro ar e receber carinhos. Sempre tão solitária aquela fêmea! Eu não entendo. Humanos vivem falando de amor. Mas, quando têm a chance, só sabem rosnar entre si.*

A vida dos humanos poderia ser bem melhor. Bastava serem como nós, cachorros. Saber deitar de barriga para cima e patas erguidas quando quisessem um pouco de carinho. Seria mais simples, e haveria mais amor.

Realmente, meu cachorro não tinha o direito de expor minha vida íntima como fez. É obvio que um cão e um humano compartilham as mais variadas experiências. Eu mesmo observava Uno cheirar o traseiro de cadelas na rua, em óbvias tentativas de sedução, mas nunca comentei, por ser discreto. Já que ele tocou no assunto, conto o resto. Muita coisa estava acontecendo comigo. Depois de viver sozinho tanto tempo — já se passara alguns anos desde minha perda —, um sujeito fica chato. Andava cheio de manias, hábitos de solitário. Fazia questão de ler na cama antes de dormir. De ficar sozinho, sem ver ninguém; agora que não tinha trabalho fixo, mais ainda. Fugia de compromissos. E me sentia incapaz de uma relação estável. Um namoro terminou em uivos, segundo a descrição malvada de Uno. Nem sabia mais como conquistar alguém. Em algumas situações, fui tão devagar que perdi a chance. Em outras, tão rápido que botei tudo a perder. A sedução pede um ritual, pequenos gestos, olhares e um ritmo que depende dos dois. Apesar das minhas tentativas de encontros que terminavam em casa, com duas taças de vinho, eu estava destreinado! E, no fundo, não tinha sentimento para oferecer.

Como conversei com Uno certa vez: seria realmente tão bom se eu pudesse deitar de barriga para cima, erguer as patas e dizer:

— Deleite-se!

Não sei se haveria mais amor, mas a vida seria muito mais divertida.

Uma coisa é certa: cães são mais francos. Se querem amor, pedem. Não têm vergonha de ganir por um carinho. De se oferecer.

Por que não consigo me abrir, me oferecer? Ou aceitar gestos de amor que para outras pessoas são tão simples?

Observava meu cachorro e dizia:

— Tenho muito que aprender com você! Quem sabe um dia descubro o jeito de esticar minhas patas e pedir carinho!

Os humanos são traidores[4]

Acabo de ter uma decepção tão grande com os humanos que minha vontade canina é sair pelas ruas e correr, até que esteja longe desses seres ingratos. Descobri tudo que eles pensam sobre nós, cachorros. É chocante. Certa noite o barrigudinho trouxe um casal para passar algum tempo comendo na sala. Os humanos têm esse estranho hábito de dividir

---

4. Publicado na extinta revista *Focinhos*, em janeiro de 2000.

a ração. Embora não comam ração, mas comida de sabores diferentes. Parece que nunca se satisfazem com um sabor, pois vivem procurando novos. Coitados! São eternamente insatisfeitos. O barrigudinho e seus amigos comiam carne com molho usando garfos. Não sei como não espetam aqueles dentes metálicos na boca! Eu teria lambido os pratos, e seria bem mais gostoso! De repente o casal começou a rosnar entre si. Em breve, latiam. A certa altura, ele latiu mais alto.

— Sua cachorra!

Estranhei. Por que latir tão alto, para fazer um elogio? Humanos e cães não são bons amigos? Certas cachorras não dão a vida para proteger a propriedade dos humanos? A fêmea humana, furiosa, atirou o prato nele.

— Cachorra, não! Cachorro é você!

O barrigudinho gritava, tentando apartar.

— Não xinguem! Acalmem-se!

Fiquei com o rabo entre as pernas. Então cachorro não era elogio. Gani, magoado. O barrigudinho me olhou, bravo.

— Fica quieto, Uno. Estamos conversando!

Conversa? Nem uma matilha faria tanto barulho! Desde aquela noite, passei a observar. Quando os humanos querem arrasar alguém, chamam de cachorro. Cadela, então, nem se fala. Soube de um humano que tentou dar uma surra em outro que chamou sua mulher de cadela. Não existem cadelas lindas? Quantas humanas não andam para cima e para baixo com suas poodles peludinhas? Um rapaz que trabalha com o barrigudinho falou:

— Minha sogra é o cão.

Ouvindo a conversa entendi que nada poderia ser pior do que aquela sogra. Que ingratidão falar dessa maneira! Quantos humanos *não vivem com dois ou três bons cachorros por perto para cuidar dele e oferecer o amor que não conseguem de outros humanos? Outro dia ouvi a vizinha xingando o namorado da filha:*

— Ele não passa de um vira-lata!

O que os vira-latas têm de mau? Podem não possuir um belo pedigree como o meu, com ancestrais campeões. E daí? Qual é o humano que tem pedigree?

Mas o golpe final aconteceu faz pouco tempo. O barrigudinho estava falando de uma jovem humana com um amigo. A certa altura, comentou:

— É uma gata.

Que horror! Descobri que gata é elogio. Gato também. Se um macho humano é chamado de gato, ergue o focinho para o ar, feliz da vida. Ah, que vontade de partir e nunca mais ver um humano pela frente! Eles dependem de nós. Vivem à espera de nossos olhares ternos! Tentam nos convencer a usar nossos dentes afiados para sua proteção. Por que não chamam os gatos para guardar suas casas? Ingratos! Não há dúvida. O coração de um humano é tão duro quanto um osso roído!

Cartas e *e-mails* entusiasmados desembarcavam na redação da revista. A carreira de Uno andava mais depressa que a minha. Até que, certo dia, o editor da revista, Felix, me ligou, animado.

— Sabe quem vai trabalhar com a gente? A Lu!

— Ahn?

— Será a redatora-chefe.

Eu tivera uma grande decepção com essa moça. Quando dirigi a outra revista, eu a chamei para trabalhar comigo, e ela começou com todo o gás. Era eficiente. Nosso relacionamento ia bem. Não entendi por que, poucos meses depois, ela pediu demissão. Lamentei sua saída. Segundo explicou, uma oportunidade melhor lhe fora oferecida, perto de sua casa, e poderia dedicar mais horas à família.

Algum tempo depois, ouvi fofocas: ela pedira demissão porque não me suportava. Surpreendi-me. De despedida, dera-me um livro lindo de presente. Depois de tanta gentileza, falava mal de mim?

Um mês depois de minha saída, ela voltou à revista. Esse gesto consolidou a fofoca de que só saíra por não me suportar. Magoei-me. Mas como não possuíamos uma relação de amizade próxima, resolvi esquecer. Tive uma sensação desagradável quando ela entrou na revista canina.

Sou um tanto desorganizado, e o dia de entrega do texto de Uno variava de acordo com o fechamento da revista. Depois de duas semanas da chegada da Lu, recebi um recado da secretária dizendo que eu devia entregar o texto no dia seguinte. Até então eu era avisado com uma semana de antecedência. Um dia era pouco para conversar com meu cachorro, entender tudo que ele queria dizer, esperar que criasse uma nova coluna.

Eriçei meus pelos, digo, os cabelos. As boas maneiras exigem que alguém, quando assume um posto em uma revista, telefone para seus colaboradores para dizer que está chegando. Se Lu tivesse agido dessa maneira, eu teria me comportado de maneira gentil, desejado boa sorte no novo emprego e tudo mais. Eu já passava dos 40 anos. A maturidade traz sabedoria. Minha intuição dizia: "Ela está agindo assim de propósito, para demonstrar que não gosta de mim e que quer o mínimo contato possível".

Agi como se não tivesse recebido o recado. Não enviei o texto. No dia seguinte, nova mensagem, também da secretária, em tom mais duro, ríspido.

— O seu prazo acabou. Vai entregar o texto ou não vai?

O valor de cada texto não era nenhuma fortuna. Só o suficiente para comprar a ração. Um trabalho semelhante seria mais bem pago em qualquer outro veículo de comunicação. Os donos da revista eram meus amigos, e eu fizera um preço camarada porque ainda estavam investindo. Penso, porém, que a camaradagem deve ser uma via de mão dupla. Telefonei para o diretor que me convidara e expliquei:

— A Lu não gosta de mim. Não vamos conseguir trabalhar juntos. Eu não costumo ser cobrado desse jeito, e o Uno só não enviou o texto porque ficou de mau humor.

— Há algum engano, vou falar com ela!

Saí. Quando voltei para casa havia uma ligação da própria Lu. Um horrendo pedido de desculpas.

— Estou telefonando para resolver a situação sem mordidas. Só com lambidas.

"Não podia ser pior", pensei.

Eu não queria as tais lambidas. Nossa relação deixara de ser profissional, já estava impregnada de mal-entendidos, o que gerava certo mal-estar. Não valia a pena ir adiante. O teatro me ensinara que é preciso prestar atenção aos detalhes. Se logo no começo dos ensaios uma atriz atrasa, vem com desculpa, reclama que o cafezinho está frio e de outras coisas, melhor trocá-la, e bem depressa. Cafezinho frio? Parece um motivo absurdo. Quem faz teatro sabe: mais tarde, quando a peça estiver em cartaz, as reclamações vão crescer, atingir um nível extraordinário. A carreira de algumas peças até emperra quando o elenco entra em pé de guerra nos bastidores. Assim, dou atenção aos detalhes. Se vou trabalhar com alguém e a relação se inicia com problemas, é melhor parar antes de chegar à loucura. Até porque reconheço meus defeitos. Tenho um temperamento explosivo — ainda bem que só de vez em quando. Fujo de situações nas quais a tensão possa fazer o pior de mim vir à tona. Avisei que não haveria mais texto. Naquela noite, dei a notícia:

— Uno, você está desempregado.

Ele se deitou ao meu lado e prendeu minha mão com as duas patas. Quando cães "pegam" alguém com as patas estão querendo dizer:

— Você é meu! Meu! Eu gosto de você!

Assim, respondi:

— Você também me pertence, Uno! Não se preocupe, onde há ração para um, há para dois!

10.

POUCO TEMPO DEPOIS,

iniciei realmente minha carreira na televisão. Foi um período muito criativo, em que me dediquei somente a fazer aquilo de que mais gostava: escrever. O trabalho de roteirista é exaustivo, exige muito. São horas e horas no computador, mais telefonemas, reuniões. Minha vida pessoal, que já não andava na melhor das fases, foi por água abaixo. Deixei de ver amigos. A vida é estranha. Às vezes gosto de uma pessoa, passo o tempo todo perto dela, tenho muitas afinidades. Subitamente os horários não combinam mais, a gente se vê menos, se afasta, cada um vai para uma direção. Descobri também que, para um escritor, é mais difícil conhecer pessoas.

Quando tinha um emprego ao qual comparecia todos os dias, as relações ocorriam automaticamente. Havia uma vida social que girava em torno do trabalho, feita de almoços, encontros no final do expediente, festas nas casas dos companheiros de redação. Uma grande rede de amigos se forma em torno de um emprego, embora frequentemente essas pessoas se afastem quando alguém muda de trabalho. Ao me retirar para viver como escritor, perdi o cotidiano dos relacionamentos. Claro, tinha conhecidos e amigos, alguns de muito tempo, mas havia anos andava afastado. Era preciso ligar, marcar, estabelecer compromissos. Na televisão, conhece-se muita gente. Quem convive entre si são os atores e os diretores, que vão todos os dias ao estúdio, gravam juntos e, no final da tarde ou à noite, saem para beber alguma coisa. O autor, não. Fica sozinho em casa. Se eu tinha um trabalho urgente, fugia de compromissos com os amigos. Pior: desmarcava encontros, jantares e passeios na última hora. Quando tinha tempo livre, todos já estavam com a agenda cheia. A maior parte dos autores vive com alguém, e as relações costumam ser duradouras. Talvez porque, depois que um sujeito se torna rotcirista de televisão, não tem mais tempo para namorar, quanto mais casar!

Não digo que minha vida fosse inteiramente solitária. Encontros legais aconteceram. No entanto, eu investia toda minha energia na carreira, talvez porque meu coração ainda continuasse fechado para relacionamentos mais profundos.

Trabalhar em casa possibilita uma vida relaxada. Eu passava o dia com calças leves de ginástica, camiseta, andava descalço e coberto de pelos. Sim, esta é uma característica dos *huskies* siberianos. Perdem pelos duas vezes por ano: de janeiro a julho e de julho a janeiro!

Eu me admirava com a saúde de Uno. Segundo meus cálculos, já era um cachorro próximo da velhice, pois para os cães o tempo passa mais depressa que para os humanos. Bem tratado, vivo, animado, parecia muito longe de qualquer enfermidade. Nossa relação era muito próxima, um sabia o que o outro estava pensando. Se eu estava triste, ele ficava quieto, afetivo, deitava-se ao meu lado. Conversávamos.

— Ah, Uno, as coisas não são fáceis!

Ele me observava, compreensivo.

— Sei que você não está legal, mas fique bem. Eu estou aqui! — dizia com o olhar.

Se eu estava legal, ele também se alegrava, erguia o rabo, corria e me chamava para brincar. No jardim, disparava para um lado e para o outro. Eu o perseguia. No final, o agarrava, acariciava seus pelos, fazia cafuné no alto de sua cabeça. Ele lambia minhas orelhas, mordia as pontas, como nos primeiros tempos.

Contudo, certo dia, notei que seu corpo estava arqueado, numa postura exagerada, que não era comum. Tentava evacuar. Estranhei. Mas não levei em conta. Nos dias seguintes, percebi que a dificuldade continuava. Durante algum tempo ainda o levava ao veterinário próximo à minha antiga casa, o mesmo que retirou os espinhos do ouriço. Desta vez procurei um mais próximo. Ele o amarrou. Fiquei ao lado, observando seus olhos tristes, a expressão subjugada.

— Pobre Uno! — exclamei.

O veterinário o examinou cuidadosamente. Diagnosticou:

— Ele está com uma verruga próxima ao ânus. Vamos ter que tirar.

— É sério?

— Não, é só tirar, não se preocupe.

Passou um dia em recuperação. Voltou para casa animado. Comentei com minha amiga Vera:

— Ele ficou ótimo!

— Tomara que a verruga não volte — disse ela.

— Como assim?

— Às vezes surge outra.

— É perigoso?

— Depende.

Eis uma palavra de que não gosto: depende. Obviamente havia um risco. Nos dias seguintes, conversando com alguns amigos cachorreiros, descobri que em alguns casos as verrugas voltam a nascer internamente, alojadas no intestino. Problemas no intestino são complicados: é um local onde os problemas, quando acontecem, são difíceis de curar por causa da dificuldade de assepsia. Mas nas semanas seguintes Uno parecia tão animado quanto antes, correndo com a mesma alegria, e meu otimismo voltou.

— Você saiu dessa, amigão!

Porém o sintoma voltou: ele se arqueava novamente. Retornamos ao veterinário.

— Como resolver? — quis saber.

— Eu vou cauterizar as verrugas. Vou ter que anestesiar.

— Não é perigoso tomar anestesia, na idade dele?

— Sempre há risco, mas...

Olhei para meu cachorro deitado na maca. Meu coração murchou, apreensivo. Fiz um carinho e o deixei para a nova intervenção.

Voltei alguns dias depois e, desta vez, garantiu o veterinário, o problema já estava acabado. Entretanto, por causa da idade, Uno tinha que tomar um remédio para o coração.

— Mas o que ele tem?

— Não se preocupe, é só para regular o funcionamento.

Passei a administrar as pílulas duas vezes por dia. Ele fugia quando me via chegar. Eu o chamava. Corria atrás. Abria sua boca e enfiava o remédio lá dentro. E segurava seu focinho para obrigá-lo a engolir. "Se pelo menos ele ficar bem, não importa o trabalhão que me dá!"

Mas as verrugas voltaram. Apesar do meu medo, não havia outra solução. Novamente, o veterinário as cauterizou.

— É normal com a idade — tentou me consolar Vera. — Também não é tão sério assim. Seu cachorro está muito bonito, vai viver muito tempo.

Olhei para Uno, que estava deitado no jardim, calmamente. Senti uma dor no peito. Minha relação mais estável nos últimos anos era com meu cachorro.

Não tenho vergonha nenhuma de confessar uma coisa dessas. Cães e seres humanos parecem se comunicar telepaticamente. A fidelidade de um cão costuma ser maior que a de uma pessoa, mesmo quando o animal é submetido a situações extremas. Soube do caso de um mendigo cujo cachorro, sarnento, maltratado, ficava a seu lado, protegendo-o enquanto dormia na rua. Sobreviventes de um terremoto na China declararam que muitas mortes poderiam ter sido evitadas se as pessoas tivessem prestado atenção nos cachorros. Os cães ladraram selvagemente durante horas antes do abalo sísmico.

Minha ligação com Uno estava além de qualquer explicação, como costuma ser a de alguém com seu cachorro. Desde milênios os cães vivem ao lado dos humanos. Tornaram-se uma espécie de parentes próximos, com relacionamentos carregados de afeto e comunicação.

Mas eu também era capaz de olhar para ele e saber se estava tudo bem. E desta vez minha intuição dizia: não estava. Quando Uno piorou novamente, senti um nó no estômago. Fiquei com ele muito tempo, conversando em voz baixa, falando de nossa vida. Lembrando os momentos engraçados, como os de revolta, quando eu ainda lhe dava banho em casa. Dos patos. Das coisas boas que tínhamos enfrentado.

— Meu Uno! Meu Uno!

Voltei ao veterinário.

— Não adianta cauterizar as feridas porque elas vão voltar. E o pior é que o reto formou uma bolsa, logo no final, que dificulta a evacuação — concluiu o veterinário. — O melhor é operar.

Seria simples, segundo explicou.

— Assim ele fica livre do problema.

Depois da cirurgia, mais tempo de internação.

— Aqui nós podemos monitorá-lo melhor e cuidar de todos os procedimentos do pós-operatório.

Era verdade. Passei por dias de angústia. Fui visitá-lo várias vezes. Dentro de um cercadinho, parecia bem. Quando me via, corria agitado, como se pedisse:

— Quero voltar pra casa!

Só me despedia com dificuldade. Mas a recuperação foi boa. Dali a pouco tempo ele voltou.

— Seja bem-vindo de volta, Uno!

Não demorou muito, surgiu a incontinência. Uno, um cão sempre tão educado, um *gentleman*, agora sujava todos os cantos. O veterinário explicou:

— Devido à idade, com essa operação, isso acontece com alguns cães.

Tive que contratar a faxineira mais um dia por semana para limpar o jardim, onde agora ele ficava boa parte do tempo. Percebi, porém, que Uno estava sofrendo. Procurei um novo veterinário.

— O meu colega agiu corretamente — explicou ele. — Mas, agora, Uno precisa fazer limpezas internas com alguma regularidade.

Um novo item foi acrescentado a nossa agenda. Semanalmente eu o levava para a limpeza intestinal, que parecia ser muito desconfortável. Voltava um dia depois.

— Tudo bem?

Ele mal me cumprimentava.

— É assim que você trata um senhor de idade? É capaz de me fazer passar por um tratamento tão indigno? — declarava Uno, revoltado, erguendo o focinho.

Com o tempo, a necessidade de limpeza ficou mais frequente. Ele sofria. Seria bom insistir no tratamento?

— Tome cuidado com tantas limpezas — aconselhou Vera, que sempre entendeu muito de cachorro. — No seu lugar, parava com elas.

É o tipo de decisão difícil, porque nunca se sabe. Resolvi buscar uma segunda opinião. Mais uma vez, troquei de clínica.

— Surgiu uma nova bolsa no intestino — explicou o veterinário. — As verrugas também voltaram.

— O que me aconselha?

Uma receita de laxantes foi o primeiro passo. Seria preciso observá-lo nos dias seguintes. Perguntei, atormentado:

— Doutor, ele sente dor?

— Alguma. Mas não insuportável. É mais uma espécie de desconforto.

O comportamento de Uno mudara bastante. Andava arredio, melancólico. Quando se aproximava, punha a cabeça embaixo da minha mão e pedia carinho atrás das orelhas, dizendo:

— Ajude-me!

Uma coisa eu sabia: não queria que ele sofresse.

Disse interiormente: "Não vou deixar você sofrer terrivelmente, Uno. Confie em mim!".

Nesse tipo de situação, existe uma linha tênue, e é perigoso se precipitar. Meu irmão vivera uma experiência diferente com a própria mãe de Uno, Luna. A cachorra ficara bastante mal, doente, durante semanas. Já tentavam adivinhar quanto tempo mais lhe restava. Por coincidência, na mesma semana minha cunhada ganhou uma filhotinha de outra raça. Ao ver a cadelinha, a doente animou-se. Assumiu todos os cuidados maternais. Curou-se. Reviveu. Adquiriu novo fôlego e nos dois anos seguintes se comportou como uma jovem mamãe animada e feliz, cheia de afeto para com a filhinha adotiva. Só depois, já com mais de 15 anos, voltou a adoecer, desta vez definitivamente.

Não poderia acontecer o mesmo com Uno? Uma recuperação mágica? A doença talvez não fosse tão grave. Eu botava a mão no focinho dele e me sentia aliviado: nunca estava quente, febril. Mudei o tipo de ração, segundo pediu o veterinário, para uma dieta mais pastosa. Dava os remédios nas horas certas. Eu o levava à clínica semanalmente. O veterinário o examinava, otimista.

— Parece estar muito bem.

Em um intervalo mais curto que das outras vezes, Uno voltou a piorar. Antes tão animado, passava os dias deitado, em geral na sala, perto da televisão, que eu deixava ligada. Não sei se entendia nossas tramas humanas, os filmes, novelas, beijos e traições. Mas certamente gostava do som, da música, do barulho que lhe fazia companhia quando eu estava fora.

Deitava perto de mim sempre que podia. Naqueles dias calmos, ainda cultivei a esperança de que Uno superasse a doença e tivesse uma velhice tranquila, perto de mim.

Certa noite, fui jantar com um amigo recém-operado do coração. Na conversa, ele me contou tudo que o médico lhe dissera, suas esperanças. Por meio de suas palavras, entendi a verdade. O médico, de forma mais atenuada, dera más notícias.

Sua saúde não estava bem. Era preciso tomar decisões, preparar-se. Ele não entendera assim. Mas eu pude discernir a verdade atrás do véu das palavras que o médico lhe dissera. No carro, voltando para casa, percebi que eu também não queria entender a verdade. O discurso do veterinário era semelhante ao do médico. Falara em cautela, em problemas, em observar. Estava me preparando para o pior. Eu é que me enganava.

Comecei a chorar no carro. Ao chegar em casa, corri até Uno. Estava deitado no acolchoado, perto da televisão. Quando me viu, quis se levantar. Só então tomei consciência de como suas pernas estavam fracas. A dificuldade para se movimentar. Uno envelhecera muito nos últimos meses, eu é que não quisera enxergar. Agachei-me. Abracei-o. Chorei.

Ainda tinha que escrever uma crônica para a revista semanal onde colaborava. Fui até o computador e deixei meu coração falar.

11.

SOU O TIPO DE SUJEITO

que sempre escreve com a corda no pescoço. Quer me ver trabalhar? Pois me dê um prazo. Enrolo até o último momento. Depois corro para o computador e boto tudo na telinha. Nunca atrasei uma crônica, um roteiro, nunca! Mas estou sempre apavorado com a entrega. Uma das minhas vantagens é que escrevo depressa. Às vezes, porém, dá branco. Não vem ideia nenhuma. Foi o que ocorreu naquela noite. Eu tinha uma crônica para enviar. Era o último dia. A revista devia ser mandada para a gráfica. A minha cabeça parecia um pastel. Mergulhado em angústia, só pensava no meu cachorro doente. Sentei diante do computador e olhei para a tela vazia.

Nada na cabeça. Queria escrever uma crônica divertida, bem-humorada. Impossível. Respirei fundo e comecei a digitar, movido apenas pela intuição. Vou reproduzir a crônica. Peço desculpas por repetir algumas informações, mas este texto foi o embrião deste livro.

Meu cachorro[5]

Meu cachorro está doente. É um husky *e tem 14 anos. Dizem os conhecedores da raça que 12 é o tempo normal de vida. Mas sempre tive esperanças de que fosse muito além. Sua mãe viveu até os 17. Seu nome é Uno. Não é muito comum, mas tem um motivo. Meu irmão e minha cunhada, há muitos anos, resolveram montar um canil em Cam-pinas. Só de* huskies. *Compraram macho e fêmea de uma linhagem gloriosa. O avô, importado do Canadá, foi até capa de revista espe-cializada. Registraram o canil. Alimentaram o casal, deram vacinas e prepararam-se para fazer fortuna. Logo uma ninhada estava a caminho. Meu irmão fez as contas. Na época, o* husky *era muito valorizado. Com um certo número de cãezinhos, teria um bom lucro!*

— Serão dez, onze? — sonhava minha cunhada Bia.

Nasceu um. Sim, um somente! Ganhou o nome de Uno, e me foi dado de presente. A grana ficou na imaginação.

Uno me acompanha desde então, em várias fases da minha vida. Até no desemprego! Cheguei a escrever crônicas para uma revista canina, usando seu nome e sua foto. Também um livro infantojuvenil, Mordi-das que podem ser beijos, *em que Uno é o protagonista. Muita coisa inventei. Mas não sua mania de fugir de casa. Quando morei numa*

---

5. Originalmente publicado na revista *Veja São Paulo.* Edição 1982, de 15/11/2006.

chácara na Granja Viana, Uno escalava o alambrado com a agilidade de um gato. Assim são os huskies, *um tanto felinos. Disparava até o lago e fugia com um pato entre os dentes. Eu que me visse às voltas com a direção do condomínio — donos são para quebrar o galho, devem pensar os cachorros. Escondia-se na reserva florestal e só voltava ao entardecer, com o estômago cheio! Um terror, o meu cachorro! Bravamente, capturou um ouriço. Dezenas de espinhos penetraram seu pelo. Entraram em sua boca. Eu nunca vira um espinho de ouriço. É duro, pontudo! Impressionante. Fiquei a seu lado enquanto o veterinário arrancava um por um.*

Mudei para a cidade. Meu cachorro envelheceu e passa longas horas deitado a meu lado vendo televisão. Deve achar um absurdo tantos tiros, beijos, lágrimas e juras de amor. Gosta de, simplesmente, ficar do meu lado. Ao olhá-lo, tenho uma sensação de conforto. Às vezes se levanta, bota a cabeça nas minhas pernas e coço suas orelhas. Sua boca se estica. Tenho a impressão que é um sorriso.

Há algum tempo começou a ficar doente. Ainda parece saudável. Seu pelo castanho brilha. Mas surge uma coisa aqui, outra ali. Toma remédio para o coração. Laxantes. Às vezes uiva baixinho — huskies *não latem.*

É a terceira vez que o envio ao veterinário em duas semanas. Agora, nem conseguia ficar em pé, de tão frágil. Sinto angústia só de pensar em sua imensa solidão, longe do tapete onde costuma dormir, sendo picado, mal comendo e, principalmente, sem alguém que lhe acaricie o pelo. A doença deve ser um mistério para ele mesmo.

O amor de um cão é incondicional. Vejo mendigos na rua acompanhados de cachorros esquálidos que não os abandonam e até os protegem nas noites escuras. Vejo crianças a quem o cão ajuda a conhecer o afeto. Eu sei que meu cão está partindo. Se não for agora, será daqui a semanas ou meses, pois uma coisa vira outra, e outra. Ou ele não conseguirá resistir, ou chegará a um ponto em que terei que dar um nó no coração e abreviar seu sofrimento. Eu tenho que resistir e fazer o melhor. Coçar sua barriga e falar palavras docemente. E, se puder, quando chegar a hora, colocá-lo em meu colo e dizer o quanto o amo.

Quando sentei diante do computador, queria escrever linhas engraçadas, repletas de bom humor. Foi impossível. Meu sentimento falou mais alto. Quem já amou um cão entende minha dor.

Até fiquei envergonhado quando enviei a crônica, por ser muito pessoal. Como já disse, costumo escrever humor. Tenho dificuldade para expressar minhas emoções. Um homem é educado para não chorar. É coisa do passado, mas certos ensinamentos ficaram entranhados dentro de mim. Meus pais nunca foram de abraçar, de beijar. Aprendi a ser contido. De repente, revelei minha dor em público. Fiquei constrangido, por pouco não pedi que me deixassem trocar a crônica.

Tive uma grande surpresa. Centenas de cartas, *e-mails,* telefonemas despencaram na redação da revista. Eram pessoas se solidarizando comigo, falando de seus próprios bichos de estimação muito amados. Mesmo algumas que não possuíam animais escreveram para dizer que entendiam meu sentimento. Foram ondas emocionantes de afeto. Até hoje, ao reler cartas e *e-mails,* as lágrimas escorrem dos meus olhos.

Gostaria de publicar todos, mas precisei selecionar. Mantive frases, pensamentos, porém evitei nomes, para não expor os remetentes. São lindos depoimentos, vindos de pessoas que sabem expressar a emoção.

"... sou um homem de 66 anos de uma vida dura, de muitas lutas, muitas vitórias e também derrotas. Uma coisa que sempre foi difícil na minha vida, quase impossível, foi chorar, seja por alegria, seja por tristeza. Mas hoje, ao ler a sua crônica a respeito do seu Uno, eu chorei lágrimas de verdade, pois lembrei do meu Barry, um cocker maravilhoso, meu maior amigo, que morreu com 14 anos após longa enfermidade. Tudo que você falou do Uno, eu repito do Barry. Obrigado por me fazer chorar."[6]

"Entendo sua dor. Faz pouco tempo que perdemos nosso cachorrinho, o Tico. Foi um dia terrível. Achei que todos nós enlouqueceríamos aqui em casa. É difícil de descrever, mas foi uma dor muito grande. Nós o amávamos muito. Tanto que quebramos o chão para que ele fosse enterrado aqui mesmo, perto de nós e em sua casa."

"... Sou vegetariana e apaixonada por animais. Já passei pelo momento pelo qual você está passando por mais de uma vez. Não deu para segurar as lágrimas, senti seu coração gritar de sentimentos nas linhas de seu texto, coisa rara hoje em dia, em que a compaixão parece ter desaparecido."

---

6. Este e os outros *e-mails* e cartas foram enviados aos meus cuidados à redação da revista *Veja São Paulo*.

"... Traga-o para o seu lado e fique com ele o tempo que puder, pois tenho certeza de que, por mais que precise de tratamentos médicos, o que puder fazer em sua casa será o melhor. O animal precisa de seu dono, acho que é só isso que o faz estar seguro e feliz, por mais doente que esteja."

"... Eu não sabia que eu a queria tão bem. Hoje a casa está vazia. Por ela ser tão amorosa, seu afeto preenchia a casa. Estou moída. Quebrada por dentro. Em cacos. Quando chegamos na veterinária para a mandarmos para o sono eterno, creio que ela sabia o que iria acontecer. A impressão que tive é que ela não queria 'partir'. Quando a médica foi aplicar o anestésico, ela gritou na aplicação. Eu não estava na sala. Fui covarde. Minha irmã esteve ao lado dela o tempo inteiro. Eu me escondi no banheiro logo ao lado, mas ouvi o grito. Nesse momento eu fui para a sala onde [ela] estava, e quando foi se desligando, olhei para ela e tinha uma lágrima escorrida de seu olho esquerdo. Esta cena está marcada em minha memória. Triste cena."

"Sabe, tenho uma labradora de 9 anos, resgatada da rua há dois. E me apeguei de tal forma a ela que não me vejo sem a sua presença perto de mim, pedindo carinho, encostando a cabeça na minha perna e chegando a ressonar quando dorme... E depois que li... fiquei pensando... e corri para dar um abraço nela, e lhe beijar o focinho. Todas as noites quando esfria eu a cubro com o cobertor... Eu a amo muito!"

"... cheguei a chorar lembrando da minha Rebeca tão velhinha, mas que esteve firme e forte nos nossos momentos de dor e tristeza quando perdemos meu pai... Diga ao seu Uno que o

*ama, esteja ao seu lado e seja grato por ter sido abençoado com a
presença de um anjo em forma de cachorro em sua casa!"*

> *"Há quatro e dois anos tive que dar o tal nó no coração, e
> trocar o sofrimento deles pelo meu. Há três meses, meu último
> bichinho, uma tartaruga que estava na família havia 73 anos,
> e comigo há 45, também se foi. Ela não aguentou a saudade
> dos cachorros, foi brincar no céu com eles e meu pai. Minha
> casa ficou tão grande! Não tenho conforto pra te oferecer. Mas
> tenho dois ombros."*

*"Temos uma dachshund de 14 anos. O nome dela é Polly.
Ela é linda. Preta com as patinhas marrons. E tem uma manchinha branca no pescoço. Quando era filhote eu e meu irmão
brincávamos muito com ela. Ela corria por toda a casa com
uma energia inesgotável. Adorava brincar com uma bolinha de
tênis. A fazíamos de joão-bobo. O meu irmão até a colocava
dentro do capacete dele. Ela ficava muito brava. Ganhei Polly
de meus pais quando tinha 10 anos. Hoje tenho 25. Posso
dizer que crescemos juntas. Agora ela está doente. Até a cor do
pelo não é a mesma. Tem um problema grave no coração que
afeta seu pulmão. Ela sofre muito. Não a castramos quando
teve filhotes, ficamos com dó. Hoje, ela já tirou três tumores nas
mamas. E não podemos castrá-la mais, pois seu coração não
suportaria uma cirurgia tão invasiva. O que posso dizer é que
aproveito todos os dias com ela como se fosse o último. Apesar
de passar o dia inteiro fora trabalhando, quando volto, sempre a
pego no colo e fico coçando a sua cabecinha. O veterinário diz
que é um milagre que esteja viva até hoje com os problemas que
tem, mas acho que o amor que ela tem por nós, principalmente
pela minha mãe, a mantém viva."*

"Ela foi abandonada filhotinha na rodoviária de minha cidade, onde trabalho. Estava magrela e vermelhinha de sarna que cobria quase 100% de sua pelagem. Fui cuidando dela com outras pessoas até que assumi totalmente a cachorra. Levo-a à veterinária sempre que precisa. Ela fica na minha sala — na rodoviária — durante a semana, tem cama, cobertor, travesseiro, roupinhas, vasilha para água e ração, tudo muito limpinho. Nos fins de semana, fica na minha casa. Meu marido gosta de atletismo e ela corre com ele, já participou de umas quinze maratonas de 10 km, virou até atleta, a cachorra!"

"É quase meia-noite e acabei de aplicar uma injeção de antibiótico na minha cadela (uma akita), que está com uma infecção urinária crônica há quase um ano! Além de um problema de coluna que a deixa quase sem movimentos nas patas posteriores. Fiz até uma sacolinha para ajudá-la a se levantar e andar. Esqueci-me de falar que ela está com 13 anos e 3 meses, e se você não conhece a raça, é bom saber que ela é próxima do husky, também vem de lugar frio, com muita neve. Durante uma fase fiquei muito encucada comigo mesma, pensando se eu não a forçava a permanecer comigo mais tempo. Choro muito também porque agora ela vive de fraldas e fica olhando para mim confiante. Enfim, estou na mesma situação, esperando, curtindo cada dia que ela fica comigo, um passo que ela consegue dar, uma comidinha a mais que ela resolve aceitar!"

"Há duas semanas o cachorro da família morreu, sem dor e silenciosamente, um husky como o seu. Chamava-se Iago. Tenho sua foto no álbum de família. Era mimado como uma criança, dormia em um sofá exclusivamente seu, todas as

tardes comia seu pãozinho, devidamente reservado na padaria próxima de casa, desfilava pela casa ostentando sua beleza e nos olhando com ternos olhos azuis. Era conhecido da vizinhança. Todos que passavam pelo portão brincavam com ele, embora de longe, pois era de poucos amigos e havia mordido alguns cachorros distraídos, perseguido uma ou outra pomba e até mesmo um ou outro vizinho. É certo que todos os cães têm personalidade, e ele com certeza tinha a sua. Ele se foi, depois de onze anos deixou saudade e uma casa vazia..."

"Seis meses atrás, falava palavras carinhosas misturadas com um choro silencioso ao ouvido do meu labrador Rex, de 10 anos, enquanto a veterinária aplicava-lhe uma injeção letal (indolor). Dias antes, alguém me disse que ele estaria sempre vivo no meu coração. Ajudou muito."

"... não só me solidarizo com sua dor como também entendo muito bem o que está passando. Já passei por isso. A diferença é que foi com um gato. Tudo bem, sei que geralmente quem gosta de cães não gosta de gatos e vice-versa. Mas não é meu caso, gosto — e muito! — dos dois. Também tenho um cão. Mas, independentemente de qualquer preferência, a dor da perda é a mesma. E é difícil de explicar para quem não tem ou teve um querido animal de estimação. Certa vez um conhecido me desafiou, criticando meu amor aos (meus) animais dizendo: 'Oras, é apenas um gato! O que você ganha com isso?'. Irritada, respondi de pronto: 'Se você não entende nada sobre amor incondicional, não sou eu que vou perder meu tempo explicando'. Ele baixou os olhos e nunca mais fez nenhuma provocação a respeito. Tratava-se de um sujeito engravatado,

ainda jovem, mas aspirante a grande executivo, para quem só a lógica dos números e do dinheiro fazia algum sentido na vida. Deve ter calado fundo nele. Ainda bem! Mas voltando ao gato, ele realmente era muito especial. Também foi o primeiro filhote da minha gata, que ainda está conosco, e o único da gestação. Por isso, seu nome era Júnior. Nasceu, literalmente, na minha mão. E era eu quem o amamentava e limpava, pois como era a primeira cria, ela não se sentiu muito maternal. Em outra leva, provou ser uma mãezona. Mas, daquela vez, a mãe fui eu. Ele faleceu ainda jovem, com uns 9 anos, vítima de complicações renais. Fizemos tudo ao nosso alcance para salvá-lo: até uma cirurgia com sonda na bexiga eu e a veterinária dele inventamos! Mas acho que em um determinado momento ele simplesmente desistiu de lutar e se foi. O que doeu mais é que, como moro em um apartamento pequeno em São Paulo, optamos por evitar separá-los (ao todo eram quatro gatos) e os deixamos todos juntos com minha mãe, que mora em uma casa no interior de Minas. Eu tive a chance de vê-lo, já recuperado da cirurgia. Estava abatido e enfraquecido, mas bem. Dormiu comigo todos os dias em que estive lá, fiz questão! Dormia com sua cabeça repousando na palma da minha mão... Mas poucos dias depois de eu ter voltado para São Paulo, por compromissos profissionais, ele faleceu. Dormindo, segundo meu pai. Quero acreditar que ele resistiu para que eu tivesse a chance de me despedir. A dor foi enorme! Como se tivesse perdido um membro da família. E como explicar tanta dor por um animal quando há tanta gente sofrendo por outros seres humanos? A gente se sente meio tolo, mas isso não diminui a dor da perda, não é?"

"Tenho uma cadelinha (La Luna é seu nome) e sou apaixonada por ela. Nós que temos essas 'pessoinhas' em casa sabemos como são companheiros, fiéis, amigos, verdadeiros..."

"Embora goste de bichos e os admire, nunca tive um animal de estimação realmente meu! Na verdade, via de regra, com os bichos de algumas casas em que eu morei, nunca me dei muito bem... sempre tive uma relação distanciada. No entanto, não pude deixar de me emocionar. Pode ter certeza de que aquele ríctus no focinho do Uno é um sorriso sim, e que ele o ama tanto como você a ele!"

"Sei que nessas horas não adianta falarmos nada, só quem tem um cão entende."

"Parabéns porque você tem um animal de estimação. Entendo que o contato diário entre um bicho e o ser humano torna o homem mais emotivo, mais ligado ao meio ambiente, mais ligado a Deus. Que Deus o abençoe neste momento. A natureza é assim: nasce, cresce e vai."

"O nosso Erick, um poodle *de 17 anos, estava fraquinho, esquálido, mas não perdia o apetite, comia mais que os outros. Andava meio cambaleante, brigava pelo seu espaço com o pequenino Jimmy e com o grandão Ozzy (já deu para perceber que meu filho e minha mulher são fãs de* rock*). Subia na mesa para roubar restos de comida, comia a sua ração e, se não vigiássemos, a de seus 'irmãos'. Começamos a ir aos veterinários e alguns exames apontavam um pequeno problema cardíaco, mas nada de outro mal maior. Fomos levando até que um pouco*

antes do Natal, lá pelas 3 horas da madrugada, começou a respirar mal, um pouco de vômito, gemeu, e eu e meu filho o levamos para um veterinário de plantão. Não havia mais nada que fazer, ele 'foi embora' no colo do meu filho, não parece que morreu, parece que 'fugiu'."

"Tenho 9 anos e também tenho uma cachorrinha e o nome dela é Mel. Se o seu cachorro morrer ele vai morrer com Jesus e será bem cuidado, porque ele estará no céu."

"Se existe algo que observo nas ruas são os cães dos mendigos. Céus! Como aqueles bichos são fiéis e orgulhosos de seus donos! Você acredita que todas as tardes, aqui no meu bairro, chega uma gente estranha numas carroças, catando lixo das lixeiras das ruas? Outro dia vi um homem com uma carroça enorme com pneus de carros e toda cercada com varais suspensos. O que me surpreendeu foram os três cachorros esquálidos, mas imponentes, orgulhosos, com aquele jeito de cachorros de madame quando vão desfilar. Nem se mexiam diante das buzinas dos carros e apesar de estarem sobre pilhas de papelão e garrafas que não davam sustentação para se equilibrarem. O amor de um cão é algo indescritível. Burra, não acredito em reencarnação. Será possível nós humanos voltarmos um dia a esta vida no pelo de um cachorro, porque de fato eles têm sentimentos melhores que os humanos? Sabe, eu levo uma vida de cachorro, e sei bem o que o Uno deve estar passando. Mande notícias, tá?"

"... Tenho 24 anos e perdi meu melhor amigo, meu gato Viterbo. O nome é engraçado e estranho. Às vezes o chamava de Vituxo, Vitinho ou de Vítor. A história dele é muito engraçada, *pois a mãe estava mudando os gatinhos de lugar e os punha na boca para transportá-los. O Viterbo ela deixou cair, e [ele] ficou para trás. Minha irmã ficou com dó e pegou o gatinho. Não tinha nem um mês e estava com os olhos fechados. Cuidamos, compramos mamadeira! Foi uma festa! Vivemos muitas coisas juntos: ele sempre estava ali comigo quando passei no vestibular, quando fiquei desempregada, quando brigava com meu namorado. Sempre ele estava ali para me consolar! Eu o perdi há quatro dias. Ontem completei 24 anos e até parece que ele estava lá quando soprei as velinhas! É doloroso pensar que na segunda-feira ele não vai estar na hora que eu chegar do trabalho à noite, me esperando na porta e se esfregando nas minhas pernas!"*

"Há dois anos meu cachorro (sem raça definida... rs) foi atropelado em frente a minha casa e fraturou a coluna. Sua veterinária, desacreditada, nos disse que seria necessário sacrificá-lo, pois ele jamais voltaria a andar e seria melhor para todos não prolongar o sofrimento do pobrezinho. Mas Deus é tão grande que no dia seguinte ela nos disse que talvez com uma cirurgia ele tivesse uma chance. Fomos a um consultório gratuito da universidade, que se recusou a operar. Mas uma veterinária de lá improvisou uma tala com chapas antigas e esparadrapo pra colocar em sua coluninha. Foi um mês sem dormir para poder cuidar do cãozinho Nero, que contava com apenas 1 aninho. Qual não foi nossa surpresa quando, ainda com a tala, ele se arrastou de madrugada até a cozinha e, poucas semanas depois, assim que ela foi retirada, ele voltou a andar normalmente... Claro que ele tem a coluninha torta, mas é normal como qualquer cachorrinho. Outro dia o levamos à praia e ele correu loucamente, na mais

pura felicidade. Na época, nós chorávamos e pensávamos se o que estávamos fazendo era certo com ele, se sacrificá-lo não seria melhor para ele, o pobrezinho estava sofrendo demais... Mas nós resolvemos dar a ele uma chance e deixar que a natureza fizesse seu trabalho. Ele se recuperou totalmente!"

"O meu Tiko está bastante velhinho (16 anos) e nesta última semana tem estado bem 'caidinho'. Também morro de medo de olhar para o colchão dele e ver um lugar vazio."

"Convivo desde criança com um querido irmão peludo, que acabou de completar 13 anos. Ele tem um olhar que me decifra, sabe quando estou bem, preocupada, triste; é um amigo incondicional. Desde que saí da casa dos pais para estudar, está comigo. Aquela presença, mesmo silenciosa, aquece e conforta, e seu olhar eloquente é um bom conselheiro. Ele me fez perceber que muitas vezes é isso que basta, é isso que nós procuramos, esse 'estar com' simples, sincero, sem barulho, sem exageros. Em regra, as pessoas falam demais, têm receita para tudo, respostas prontas e previsíveis. Minha mãe faleceu há dois meses e meio, e o senhor pode imaginar: quer seja no trabalho, ou no prédio onde moro, em nome das convenções sociais, venho escutando as mesmas soluções e receitas, que não estou sequer pedindo ou procurando. Outro dia, após uma noite em claro, sentindo a dor da saudade, cheguei ao trabalho com olheiras e uma colega perguntou: o que aconteceu? Expliquei que não consegui dormir etc. Ela olhou-me com o cenho franzido e respondeu: 'Mas você ainda não superou?' Estava tão cansada que nem respondi. Apenas um colega de trabalho falou uma coisa que fez algum sentido: 'É um mistério, o mais previsível e o mais

complicado de entender e de conviver. Realmente não sei o que dizer; se precisar estou por aqui'."

"O meu cachorro chama-se Tutty e está conosco há aproximadamente dezesseis anos. Chegou para minha filha Mariana em seu décimo aniversário, na hora do bolo, bem no assoprar das velinhas. Foi trazido pelo tio e padrinho, meu cunhado, que observava atentamente a reação do irmão e a minha, pois éramos totalmente contra um cachorro morando em apartamento. Mariana tinha perdido o avô querido um pouco antes, e meu marido e eu acabamos 'engolindo' o poodle preto que aos poucos foi nos conquistando. Três crianças, um marido, um cachorro, uma escola para cuidar... era tudo o que eu não queria. Mas hoje eu me sinto feliz, sou a mãe da casa e o cachorro é uma grande companhia!"

"Era um corre-corre danado. Sair cedo, comprar o pão e passear com o cachorro antes de acordar e arrumar as crianças para um dia de escola... trabalho... e assim foi. Um dia, bem cedinho, na pressa, no hall de elevador de serviço, virei-me para colocar a chave na porta e ele entrou novamente no elevador. Como eu carregava um pacote de pães, a coleira flexível de 'elástico' estava presa em meu pulso. Quando finalmente abri a porta de casa, senti meu pulso sendo puxado. Alguém apertara o botão do elevador e com ele ia o meu cachorro dentro. Imagine a aflição, o elástico esticando, esticando e o fio ia estendido... parte no meu hall, preso agora no vão do elevador, e a outra parte na coleira no pescoço do cachorro. Achei que o tinha enforcado. Entrei em casa aos prantos, acordei aos gritos o meu marido, que com razão disse que um dia eu o mataria do coração e fomos até o elevador.

Abri a porta e nada de cachorro. Já imaginei o cãozinho prensado, enforcado. Minutos depois o elevador retornou com uma senhora que dizia que havia um cão em seu hall e não havia meios de entrar no elevador. Fomos então carinhosamente convencer o nosso mascote a voltar. No pescoço dele havia uma marca, mas ainda bem que o elástico havia estourado. Depois desse episódio meu cãozinho acabou indo para a casa de campo em Atibaia, onde o visitávamos às vezes, e eu voltava com os olhos marejados pela separação. Depois de cinco anos a casa de Atibaia foi alugada e o inquilino tinha um enorme pastor alemão. Uma tarde vejo meu marido trazendo de volta um 'pano de chão' cor de terra em vez de preto. Era o meu cachorro de volta para o apartamento. Foi uma nova adaptação, mas ele estava mais calmo. Durante muitos anos acordava às 5h30 da manhã para dar o primeiro passeio com ele e íamos nós alegremente pela rua, antes de começar o dia. Aos fins de semana íamos todos para Guaecá, uma praia gostosa onde no gramado ele sempre adorava dar galopes. Sempre me esperava com aquela alegria. Agora está bem velhinho. Sempre o levo ao veterinário, que me dá remédios e mais remédios. Tem aquela tosse de 'cachorro' e hoje dorme no corredor, na porta do meu quarto. Cada vez que me vê se agita, me faz a festa que consegue e logo em seguida sofre uma nova crise de tosse. Não caminha com tanta energia, mas adora passear, agora mais vagarosamente. Hoje seu passeio mudou para as 6 da manhã... (Seu passo é mais vagaroso, lento.) Sempre o agasalho, porque faz frio nesse horário, tão cedo. Acho que é uma relação de cumplicidade e muito amor essa que desenvolvemos com os cães. É difícil se 'preparar' para uma separação que a qualquer hora vai acontecer. É um exercício para outras separações que temos de enfrentar em outras situações de vida, com os nossos idosos queridos."

"Adotei um cão há sete meses. Ele era menino de rua, ou melhor, cachorro de rua. Às vezes eu penso que ele é gente! Chama-se Bóris, mas deveria se chamar Dino. Quando a gente chega em casa ele simplesmente derruba tudo! Pula, morde e fica FELIZ! Realmente o amor de um cachorro pelo seu dono é incondicional!"

"O Júnior tinha um tumor no rim, que em três dias triplicou, chegando a ficar do tamanho de uma manga. Não havia cura e a dor era terrível. Minha irmã, que é veterinária, disse que a melhor coisa a se fazer era a eutanásia. Só que ela queria esperar meu cunhado, também veterinário, chegar, pois não tinha coragem de aplicar a injeção. Não sei de onde tirei essa força, mas pedi que acabasse logo com o sofrimento do Júnior. Pois ele não conseguia se sentar de tanta dor e estava de pé desde o dia anterior. Foi horrível, mas fizemos o que com certeza foi a melhor solução. O que quero dizer com isso é que se a eutanásia for necessária um dia, aguente firme ao lado do seu amigo, por mais dolorido que seja para você. Aguente, pois até hoje me lembro da cara do meu cachorro extremamente confiante de que tomei a decisão com todo o meu amor. Para sempre ele será amado e jamais o esquecerei. Júnior era meu filho. Não podia deixá-lo só na hora mais difícil de sua vida. Tomamos a melhor decisão e temos certeza de que vamos nos encontrar um dia."

"Faço terapia com duas psicólogas, e uma delas é especializada no assunto 'luto'. ... viver uma perda é uma coisa muito difícil, e hoje eu enfrento a minha terceira. Minha família é muito pequena, sou filha única, não sou casada, não tenho filhos, e nesses meus 48 anos eu sempre vivi com os meus pais. A minha linda, amada mãe faleceu faz seis anos, e o meu pai querido faleceu faz

um ano e meio, e tem sido muito difícil, doloroso suportar. Há cinco meses eu perdi o Marvin Astor, meu amado cachorro. Ele era uma mistura de vira-lata com fox terrier, *já nasceu com cara de velho, desde filhote sempre teve uma barba branca. Foi muito especial na minha vida, foi especial para minha mãe, para o meu pai; enfim, ele esteve presente em todos os meus momentos felizes e nos momentos mais tristes. Quando a minha mãe e o meu pai faleceram, ele ficou comigo o tempo todo, me fazendo companhia e me dando carinho. Sobramos só eu e o Marvin, e em maio ele também morreu. Tinha um monte de problemas, osteoartrite, que é degenerativa, problema de ouvido, rins, labirintite e o mais complicado: um grave problema no coração. Sei que foram muitas idas ao veterinário, muitos remédios, muitos exames, algumas internações... enfim, tentei tudo para tornar menos doloroso para ele, mas o bichinho tinha tanta sede de viver que lutava bravamente todos os dias. Ele não queria ir, acredito que não queria me deixar aqui sozinha. Bom, vou resumir, porque do contrário eu teria muitas, muitas histórias dele para contar. No último dia de vida, um sábado, fiquei ao lado dele, acariciando sua cabeça, agradecendo pelo seu amor, pelos momentos felizes que ele me deu, ficamos assim das 18h30 às 3 horas da manhã, que foi o seu horário de óbito. Sinto muita saudade, mas sei que ele está num cantinho especial, que Deus reserva para todos os bichinhos. Eu o sepultei aqui no quintal, pois tenho um jardim lindo e grande, e ele está no meio das flores."*

"Minha sobrinha tem um cãozinho de estimação. Outro dia sofreu um acidente de carro de pequenas proporções físicas, mas com grande perda material, já que seu carro deu perda total. Na hora do acidente, ela estava com seu cãozinho de estimação

no colo e com o impacto da batida ele voou pela janela e ficou preso pela guia pendurado na porta. Ela ficou tão desorientada na hora que desceu do carro gritando para o motorista causador do acidente: Cadê meu filho? O que você fez com ele? Onde ele está? Você é um louco! Se meu filho morrer eu te mato! O motorista e as pessoas que ali estavam começaram a procurar o filho acidentado, mas para a surpresa de todos era um cão que se encontrava pendurado na porta, quase morto. Minha sobrinha pegou o coitadinho no colo, beijava-o, abraçava-o. Olhava para o motorista e xingava, xingava muito. Nem deu importância ao estrago do carro, só se preocupava em beijar o cão e perguntar se ele estava sentindo alguma coisa. O cãozinho foi medicado e está bem. Mas quando a gente ama um cachorro é assim mesmo: é um amigo, um filho peludo!"

"Já criei um malamute e dois huskies. Eu vivi exatamente as mesmas enrascadas que você descreve de maneira tão brilhante. Corri quilômetros atrás deles, chorei, implorei para que alguém lá na frente parasse o bicho que corria feito um louco, desvairado. Fiquei sem dormir porque um deles fugiu e não voltou. Já paguei na conta de um hotel, um pato. Sim, um pato do laguinho do hotel. [Já] acordei à noite com o barulho surdo de um pobre gatinho acuado embaixo do carro. Tive de pagar também uma galinha morta do vizinho de uma casa onde passávamos férias em Ubatuba. O mais trágico é que eles escolhem para matar justo as galinhas e os patos mais queridos da família! [Certa vez] salvei uma galinha exótica da boca do meu husky. Ele soltou a bichinha e ela ficou cambaleando. Mas hoje o meu último husky, o Kauê, é igualzinho ao seu Uno. Um velhinho. Ele nasceu em maio de 1992 e está com

14 anos e 7 meses. Surdo, cego de uma vista, cheio de manias, coisa de velho mesmo, faz xixi pela casa toda. É o membro mais querido de nossa família. Ele está bem. Come bem, corre, brinca um pouco. Mas, como o Uno, passa muito tempo dormindo. Ele é o primeiro a acordar, cedinho. E vem me chamar para passear. O dia que ele não faz isso, você não imagina como meu coração fica apertado até chegar à caminha dele e ver o porquê de ele não ter acordado. Só quem é louco por cachorro entende e partilha nossos sentimentos."

"Por mais que vivamos, por mais que soframos, jamais vamos nos esquecer, muito pelo contrário: estaremos sempre lembrando com ternura do acontecimento que vou narrar. No carnaval ficamos incumbidos de cuidar da cachorrinha Lassie, cuja dona iria viajar para uma cidade no interior do estado. Pegamos o animal no bairro do Brás, em São Paulo, e o conduzimos, à noite, de carro, à casa onde ele iria ficar hospedado, no bairro de Vila Rica, para onde [ele] nunca tinha ido até então. Na tarde de terça-feira, um temporal muito forte inundou nossa casa e, preocupados em estancar tanta água, nos descuidamos de Lassie, que fugiu. Desespero total! Como falar para a dona que sua querida cadelinha havia desaparecido? Então, começamos a procurar. Vasculhamos, em vão, todas as imediações. Quando a dona, na sexta-feira, regressou, chorou desconsolada, mas acreditava que poderia encontrá-la. E continuamos as buscas. Eu, particularmente, a procurava apenas para mostrar solidariedade, pois, no fundo, não acreditava que ela estivesse mais viva. Nove dias se passaram e, na manhã do dia primeiro de março, veio a incrível notícia: Lassie estava na porta do salão de beleza de propriedade de sua dona, na rua do Hipódromo,

no Brás, de onde ela saiu, repito, de carro, na noite de sábado de carnaval. A emoção foi tanta que a dona da cachorrinha a apertava e a beijava ao mesmo tempo em que chorava copiosamente. Lassie nunca havia saído do Brás. Considerando que da casa de onde ela fugiu até a rua do Hipódromo são exatos 13 quilômetros, por um itinerário racional, lá vai a pergunta que não quer calar: como ela conseguiu? E outra: como ela sobreviveu nove noites e oito dias, sob sol, chuva e sabe-se lá o que mais? Mais uma: Lassie teve que atravessar várias avenidas, das quais três são supermovimentadas e perigosíssimas. Quem a ajudou a atravessar? Com certeza não foi alguém humano, porquanto Lassie é vira-lata, feia e velha (mais de 15 anos, com certeza). Ninguém olha para um cãozinho com tantos defeitos. Mas, apesar desses defeitos, ela deu a todos nós, que vivenciamos o fato, uma importante e inesquecível lição de coragem, determinação, perseverança e amor. Ela ainda está assustada, magrinha, as unhas desgastadas por mais de 13 quilômetros de asfalto. Só tem uma coisa: Lassie agora é mais especial para todos nós, pois lá no fundo do nosso coração nós sabemos quem foi que a ajudou em sua trajetória: foi Deus! Somente Deus com sua irrefutável bondade pôde conduzir as patinhas de uma cachorrinha vira-lata, feia e velha, de volta para os braços de sua dona, que a ama tanto!"

"Amo os cachorros de forma incondicional. São meus melhores amigos. Sou protetora e cuido de alguns deles nas ruas e também tenho oito em casa. Agora mesmo acabei de vir da rua com um saco de ração e o galão de água que já anda comigo no carro. São seres maravilhosos e puros que não nos deixam em nenhum momento. Às vezes, quando fico triste e choro, vou *para o quintal e eles lambem minhas lágrimas, deitam e rolam no chão e minha tristeza se vai... Não conseguirei jamais viver sem um cão por perto. Acho que em vidas passadas já fui de quatro patas!"*

"Diz a lenda que, quando os animais de estimação morrem, atravessam a Rainbow's Bridge (Ponte do Arco-Íris) e chegam a um lugar maravilhoso onde brincam eternamente. Lá os animais correm livres e felizes e até os cães idosos e doentes, como seu querido Uno e a minha Zizi, recuperam a saúde e a energia. No meio da brincadeira, um dos animais para, cheira o ar e corre, para cruzar de volta a Rainbow's Bridge. Mas o que foi fazer este animal? Este animal, sempre tão fiel, foi receber seu dono, que também cruzou a ponte. Finalmente o dono e seu fiel companheiro voltam a ficar juntos, desta vez para sempre."

"O cão é um verdadeiro anjo que tem um curto tempo de convivência conosco, talvez apenas o suficiente para nos ensinar algumas coisas, se quisermos mesmo aprender."

12.

MARANHÃO, O DIRETOR

da revista, telefonou:

— Os leitores querem conhecer o Uno.

Veio o fotógrafo. Botei um lençol no sofá, chamei meu *husky*. Abracei-o. Que diferença de anos atrás, quando era deliciosamente indisciplinado! Ficou calmo, ao meu lado, durante os cliques. É a nossa última imagem. Foi publicada na semana seguinte, e também apareceu no *site* da editora. Havia uma grande torcida pelo meu cachorro, como mostraram as cartas e os *e-mails*.

— Ficou famoso, Uno, famoso! — eu brincava.

Segundo o veterinário, o intestino tinha tumores internos. Uno sofria dores terríveis para evacuar. Apesar do problema do coração, o melhor seria operá-lo. Eu hesitei.

— Mas... e a idade?

— A condição física dele é muito boa, de um cachorro muito mais jovem.

Eu sabia dos riscos. Também tinha consciência de que ele não poderia continuar vivendo daquela maneira. Perguntei detalhes.

— Retiramos uma parte do intestino e costuramos as duas partes. O ideal é uma internação prolongada, para ele só voltar para casa totalmente recuperado.

Aceitei. Pedi alguns dias. Na noite anterior, trabalhei até tarde, como costumo fazer. Era mais de meia-noite quando desci. Uno dormia em um tapete próximo à escada. Seu corpo estava quentinho. Sentei-me no chão, ao lado dele, coloquei sua cabeça em meu colo. Ele me ouviu atentamente, com expressão séria, enquanto falei com lágrimas nos olhos:

— Uno, querido, amanhã você vai fazer uma operação, e as perspectivas são boas. Mas não sabemos o que pode acontecer. Se você partir, quero que saiba que eu nunca vou esquecer você. Você foi um bom cachorro. Um amigo. Você me entendeu, compartilhou sentimentos e torceu por mim. Nas horas de tristeza, você estava perto, e eu me sinto feliz por ter você aqui comigo. Agora a situação é complicada e pode ser que você vá embora. Eu espero que não seja uma despedida, que você volte bem, um cachorro forte, feliz, de rabo erguido, cheio de amor pra me dar. Mas, se não for assim, Uno, se partir, vou sentir muita falta de você. Muita mesmo. Eu não sei como certos mistérios funcionam. Há quem diga que a alma começa na pedra, vira planta, vira bicho, vira gente e um dia um ser divino.

Outros acreditam que alma humana já surgiu humana. Mas às vezes eu olho pra você e acho que está pronto pra nascer como gente, que já tem uma personalidade, e que vai ser um cara legal. Quem sabe isso aconteça e a gente se conheça lá no futuro, em outra vida, se eu também tiver essa oportunidade. Ou quem sabe exista um lugar para onde eu vá também um dia, onde nós dois vamos correr, brincar, e onde haja um lago cheio de patos deliciosos pra você caçar! Eu não sei, Uno, eu não sei. Mas quero que saiba que tivemos uma boa vida. Ah, uma vida boa, e eu fico tão emocionado em pensar que você pode ir embora que dói, dói tanto, que eu só sei ficar abraçado e dizer: Meu querido, ah, meu cachorro! Meu querido cão!

No dia seguinte, Uno foi levado pelo veterinário. Passou a noite em jejum. Foi operado de manhã. Recebi o telefonema:

— Tudo correu muito bem. Ele ainda está anestesiado, mas resistiu.

— Quando posso ir aí?

Ouvi um silêncio. Cheio de dedos, o veterinário explicou:

— Acho melhor esperar um pouco. Ele precisa de repouso. Se você aparecer, vai pular, fazer agrado, e é perigoso arrebentar os pontos.

Eu me conformei. Tudo para o bem de Uno!

Recebia informações todos os dias. Uno acordou. Estava andando. Reagia muito bem.

— Parece um menino! Logo terá alta.

Mesmo assim, eu me sentia apreensivo. Só ficaria feliz quando ele voltasse e eu pudesse ficar ao seu lado vendo televisão. Nada seria como antes, é claro. Já estava velho. Mas quem sabe eu o teria por mais uns dois, três anos?

— Não pode acontecer agora!

No domingo acordei mais tarde. Havia um recado urgente no meu telefone.

— Ligue depressa para a clínica.

A veterinária de plantão informou:

— O Uno não está passando bem.

— Mas o que houve? Até ontem estava ótimo!

— Os pontos internos arrebentaram. Ele começou a uivar de dor, de madrugada. Está sendo medicado, mas está com infecção generalizada.

Minha garganta se apertou. Perguntei:

— Ele está sofrendo?

— A dor é muito grande.

Chegara o momento. Teria de tomar a decisão. Porém não se resolve uma coisa dessas pelo telefone.

— Vou pra aí agora mesmo.

Ainda estava de pijama. Botei uma roupa e tênis. Saí com o carro. Acabei me perdendo um pouco no caminho, de puro nervosismo. Uma senhora me indicou a rua certa. Estacionei. Toquei a campainha. O segurança abriu.

— A doutora já vem.

Uma garota loira, bonita, de roupa branca, veio ao meu encontro.

— Entre, por favor. Sinto muito, as notícias não são boas.

— Eu sei, eu sei... Onde ele está?

Ela me indicou o centro cirúrgico. Apressei-me, a jovem foi logo atrás. Entrei.

Uno estava morto, deitado na maca.

Seus olhos abertos, mas apagados, sem brilho!

Costumam dizer que a vida é uma chama, e eu concordo. O brilho da vida cintila através das pupilas. A vida é uma sensação, uma luz, um gás que nos anima. Ar imantado. Mas a falta de vida produz uma outra sensação, arrepiante. A morte traz um vazio. É o que eu sentia ali naquele lugar. Apenas um vazio. Uno me deixara.

— Meu cachorro! Meu cachorro!

Eu me atirei em lágrimas sobre seu corpo ainda quente. Falecera minutos antes de eu chegar, salvando-me de tomar a decisão dolorosa da eutanásia. Beijei várias vezes sua cabeça, suas orelhas, sem vergonha de chorar, de transbordar, meus óculos molhados, baços, minha dor sozinha.

— Ah, eu te amo, eu te amo.

Quando me ergui não conseguia enxergar direito. A veterinária trouxe um copo de água.

— Pensei que ele ainda estivesse vivo!

— Mas eu disse que sentia muito... — respondeu a jovem.

— Achei que fosse por causa da condição física... mas que ele estaria aqui, que poderia vê-lo mais uma vez.

Sentei-me e fiquei olhando o corpo longamente. Murmurei:

— Adeus, querido. Adeus!

Muitas pessoas que me escreveram jogaram as cinzas de seu animalzinho por perto ou enterraram o corpo no jardim. Mas eu acredito que existe uma alma, e que quando ela parte resta só o invólucro. Um corpo é apenas o traje de uma essência de luz. Pedi que o incinerassem. A veterinária concordou.

— A gente toma conta de tudo.

Mais uma vez eu o abracei. Fitei seus olhos sem vida.

Novamente me despedi. Não queria ir embora. No entanto a alma não estava mais lá. Alma de cachorro? Para mim todo ser vivo possui uma centelha divina. O meu cachorro partira, mas eu não queria aceitar, como se ficar ali, ao lado dele, fosse suficiente para trazê-lo de volta.

Então percebi que era preciso levantar, virar as costas e caminhar até a saída. Não poderia prolongar aquele momento eternamente. Com esforço, levantei-me, fui até a porta, ergui os ombros, empinei o queixo, agradeci a veterinária.

— Obrigado. Fico grato por tudo que fez por meu cachorro.

— Infelizmente não consegui...

— Só quero saber se ele sofreu muito.

— Não. Ele estava medicado. Viveu até pouco antes de você chegar, mas não resistiu.

— Sabe o motivo por que piorou?

— Provavelmente a idade. Os pontos romperam porque já era velhinho, não tinha a mesma resistência. Se quiser uma autópsia para ter certeza...

— Não, não é preciso. Eu acredito que vocês fizeram o máximo.

Voltei e olhei para o corpo de novo. Sorri de leve entre as lágrimas. Era impossível partir ainda. Pus a mão sobre o focinho de Uno, lembrando de todos os nossos momentos bons, e disse, agora realmente pela última vez.

— Obrigado por ter estado comigo. Por ter me feito companhia. Por ter sido meu amigão. Você foi um bom, um excelente cachorro. Não houve melhor neste mundo. Adeus, Uno. Adeus, meu cachorro!

Sem hesitar, porque de outra maneira não poderia mais ir embora, dei um leve sinal de adeus para a veterinária e parti.

Nem sei como consegui dirigir até em casa. Entrei. Eu me sentia tremendamente solitário. Atirei-me na cama e chorei, chorei sem parar, como estou chorando agora ao escrever estas linhas, porque a dor nunca acaba, só fica amortecida, e toda vez que penso no meu cachorro sinto uma imensa saudade.

13.

DECIDI NUNCA MAIS TER

cachorro. "Não quero mais amar e perder", comentava comigo mesmo. Várias pessoas, incluindo leitores da revista, ofereceram filhotinhos. Não pretendia pensar nessa possibilidade. Dediquei-me à vida profissional. Novos desafios surgiam. Minha carreira como roteirista só melhorava. Gosto muito de ler. Lembrava-me de personagens de romances que vivem sozinhos, em locais ermos, contentes com sua vida interior. Eu não queria mais ter sentimentos.

— A solidão é uma forma de felicidade! — murmurava diante do espelho para me convencer.

Joguei fora o acolchoado em que Uno dormia. Não tive coragem de me desfazer do pote de ração. Às vezes ainda o via no quintal. Depois a faxineira o guardou em algum lugar e nunca mais o vi. Quando ligava a televisão e via um filme com lobos, meu coração saltava, pois os *huskies* são incrivelmente semelhantes a eles. Se cruzava com algum cachorro dessa raça na rua, também sentia uma enorme emoção.

Os meses se passaram.

No final do ano, fui para uma praia com dois amigos, Saulo e Robson. Ficamos em uma casa em um condomínio sem muros, com árvores frondosas. À meia-noite seguimos o ritual: vestidos de branco, fomos para a praia, abrimos champanhe e pulamos sete ondinhas. Na volta, fizemos uma ceia com lentilhas, pernil, uvas e romã. Depois, ficamos na varanda, eles em redes e eu deitado em um sofá. Falávamos sobre a vida em geral. Os dois fazem teatro, eu escrevo peças, livros, novelas de televisão. Havia muito que conversar. De repente ouvimos um ruído. Seria alguém?

Um enorme cachorro preto entrou na varanda. Vinha da rua. Sujo de areia, aspecto feroz. Aproximou-se de Robson, que se dá muito bem com cães.

— Oi, cachorro! — ele disse.

O cão nos observou, sério. Se nos atacasse, seria bem perigoso. Mas eu não sentia medo. Ao contrário. Tive uma intuição. Chamei:

—Vem cá!

O cachorro veio até mim, curvou a cabeça e recebeu meus carinhos. Afaguei suas orelhas. Seu pescoço estava sujo, mas que importava? Eu o abracei.

Robson foi para dentro, voltou com um pedaço de pernil.

—Toma!

O cachorro pegou o pernil na boca e depositou na minha frente. Saulo levou um susto:

— Parece que esse cachorro é seu!

Eu o chamava, e ele vinha. Deitava do meu lado.

Permaneci na varanda o máximo que pude, porque não queria me separar. Não havia nem corda para prendê-lo, nem portão para fechar. Finalmente, fui dormir. Acordei decidido:

—Vou levá-lo para casa!

Fui até a portaria do condomínio. Falei com o caseiro.

— Eu vi um cachorro parecido com o que o senhor está falando — respondeu ele. — Dormiu aqui, na frente do portão e só foi embora hoje de manhã.

Então tinha me esperado!

Devia ser um cachorro de praia, abandonado. Saí à procura dele.

—Você está completamente maluco — disse Robson. — O cachorro é muito grande para sua casa.

— Mas eu quero!

— Ele está acostumado a viver livre, aqui na praia, você vai levá-lo para viver preso?

— Mas aqui ele vai morrer cedo, ninguém vai cuidar dele quando ficar doente.

—Vai morrer feliz. Quem você acha que é? Que onipotência é essa para achar que pode decidir o que é a felicidade de alguém, mesmo a de um cachorro?

Fui até o caseiro do condomínio e propus:

— Dou uma bela recompensa se você achar o cão.

— Pode deixar comigo.

Convenci o Robson e o Saulo a procurar o cachorro.

— Eu o vi de longe, com uma matilha — explicou Robson mais tarde —, e fiquei sabendo, é de um pescador.

—Vou dar dinheiro para o pescador e levá-lo.

— Não vai, não.

—Vou.

Saí durante o dia, à noite, procurei na praia inteira várias vezes. Ninguém sabia identificar o cão.

— Lá perto da igreja tem um bando de cachorros de rua. Vivem num terreno.

Fui até o local, não encontrei nenhum.

Continuei a procura nos dias que se seguiram. Não o vi mais.

Quando não o encontrei mais, senti uma dorzinha, porque tinha sido meu, nem que fosse por algumas horas. Mas entendi.

— Foi um sinal, em uma noite de *réveillon*, para dizer que o ano será bom, que devo ter esperanças!

Quando me despedi, ainda deixei mais um recado com o caseiro:

— Se encontrar aquele cachorro, avise. Eu pago bem.

Ainda liguei várias vezes. Sempre a mesma resposta.

— Nunca mais apareceu.

Já tinha desistido quando, um dia em que estava no Rio de Janeiro a trabalho, meu celular tocou. Atendi. Era Robson.

— Olha, estou aqui na praia. Você ainda quer aquele cachorro da praia?

— Quero! Você o encontrou?

— Depois explico.

Telefonou no dia seguinte.

— Quando você volta para sua casa?

— Amanhã! Por quê? Achou o cachorro?

— Não, não, você vai saber o que é quando voltar.

Eu tinha quase certeza de que ele já encontrara o cão. Disse o horário do voo. Quando cheguei, a faxineira avisou:

— Seu amigo está aqui, quer falar com o senhor.

— Cadê o cachorro?

— É melhor falar com o Robson lá nos fundos.

Corri para o quintal. Robson sorriu.

— E aí? — quis saber.

Ele foi até o banheirinho de fora e voltou com uma cachorrinha preta, pelo curto, filhote ainda, de pernas longas, corpo magricela e olhos extremamente doces. Uma vira-lata simpática que me derreteu.

— É uma prima daquele cachorro. Achei na praia.

Eu e a filhotinha ficamos nos olhando por um longo tempo. Ela botou a linguinha pra fora e lambeu o beiço, tentando sorrir. Estendi meus braços e a pus no colo.

Fui tomado por uma onda de sentimentos. Abracei a cadelinha. Chorei, chorei sem parar durante longo tempo, deixando sair toda a emoção represada.

— É Ísis. Seu nome vai ser Ísis.

—Vai botar nome de gente? E se encontrar alguma Ísis? — surpreendeu-se ele.

Teimei: seria Ísis.

Robson me contou a história. Estava hospedado na mesma casa do *réveillon*. Foi para a praia com a mãe. De tardezinha, a cachorra os seguiu até o condomínio. Não tiveram dúvidas. Colocaram a filhotinha na varanda, presa por uma cordinha. No dia seguinte, havia sumido.

Mas à tarde a cachorrinha apareceu novamente. Robson a levou para a casa. Deu banho. E tirou a coleira de barbante que ela possuía.

— Então tinha dono?

— Parece que vivia numa casa com vários cachorros. Mas estava cheia de carrapatos, fraca. Eu a levei a uma veterinária, que até se emocionou. Ela disse: "Mais um cachorro salvo!".

Segundo Robson, a cadelinha teria pouco tempo de vida, pois estava muito magra e maltratada. Se continuasse naquela praia, abandonada, um dia se esconderia em um canto, bem triste, e não acordaria mais. Concluiu:

— Ficou na casa de minha tia esses dias. Se você não quiser, minha tia quer. Está doida por ela.

— É claro que quero! É minha agora. Não sai mais daqui!

Eu e Ísis trocamos um longo e enternecido olhar. Acariciei seu pescoço. Ela esticou os lábios, sorrindo do jeito que sabem fazer os cachorros.

Passamos o resto da noite trocando carinhos e lambidas.

Ela se deitou na minha cama. De manhã, me acordou com o focinho gelado na orelha para sair. Mais tarde comprei coleira, ração, um novo potinho para as refeições.

E descobri que meu coração não estava mais devastado.

Jamais esquecerei meu cachorro, meu *husky*, meu Uno. Mas aqui dentro tem lugar para minha Ísis, e os sentimentos não se confundem; perdas e amores fazem parte de uma mesma vida.

Algo mudara dentro de mim. Comecei a olhar as pessoas de maneira completamente nova. Recuperei a vontade de conhecê-las, de me ligar, de criar laços. A imagem do homem solitário, do eremita, desapareceu, e em seu lugar surgiu um sol radiante. Eu queria aquecer e ser aquecido.

Meu luto terminara. Fora um aprendizado longo e difícil, mas meu sentimento deixara de ser um campo estéril onde nenhuma vida brotaria. Pelo contrário. Meu cachorro cultivara meu coração ao longo daqueles anos, e agora eu era capaz de gostar daquela cachorrinha simplesmente porque estava pronto para viver minhas emoções. Queria correr riscos. Só chora quem realmente amou, e sem amor a vida é apenas uma passagem desolada por este mundo.

Meu cachorro, meu Uno, me acompanhou durante o tempo mais difícil da minha vida. Sua presença impediu que o deserto me invadisse, que me tornasse um ser estéril. Seus uivos, suas lambidas, suas corridas, suas caçadas, sua ternura, tudo que desfrutamos juntos me mantiveram vivo.

E agora, nesta casa outra vez animada por latidos, eu sinto a vida respirar. Um vento suave se aproxima, com risadas, música, palavras de afeto de alguém que não conheço ainda. Mas já estou de braços abertos. Eu sei que uma coisa boa vai acontecer, simplesmente porque estou pronto.

A vida se renova, os sentimentos desabrocham.

Meu cachorro me ensinou a amar.

Estou pronto para me apaixonar novamente.

Quem é Walcyr Carrasco

Walcyr Carrasco nasceu em 1951, em Bernardino de Campos, SP. Escritor, cronista, dramaturgo e roteirista, publicou mais de trinta livros infantojuvenis ao longo da carreira; entre eles, *O mistério da gruta*, *Asas do Joel*, *Irmão negro*, *Estrelas Tortas* e *Vida de Droga*. Fez também diversas traduções e adaptações de clássicos da literatura, como *A volta ao mundo em 80 dias*, de Júlio Verne, e *Os miseráveis*, de Victor Hugo, com o qual recebeu o prêmio Altamente Recomendável pela Fundação Nacional do Livro Infantil e Juvenil. Em teatro, escreveu várias obras infanto juvenis, entre elas *O menino narigudo*. *Pequenos delitos*, *A senhora das velas* e *Anjo de quatro patas* são alguns de seus livros para adultos. Autor de novelas como *Xica da Silva*, *O cravo e a rosa*, *Chocolate com pimenta*, *Alma gêmea* e *Caras & Bocas*, é também premiado dramaturgo – recebeu o Prêmio Shell de 2003 pela peça *Êxtase*. Em 2010 foi premiado pela União Brasileira dos Escritores pela tradução e adaptação de *A Megera Domada*, de Shakespeare.

É cronista de revistas semanais e membro da Academia Paulista de Letras, onde recebeu o título de Imortal.